Pr

La réserve des lutins

DU MÊME AUTEUR
DANS LA MÊME COLLECTION

La croisade de l'idiot.
Tous les pièges de la Terre.
Une certaine odeur.
Le principe du loup-garou.
A chacun ses dieux.
A pied, à cheval et en fusée.
Les enfants de nos enfants.
Le dernier cimetière.
Le pèlerinage enchanté.
La planète de Shakespeare.
Héritiers des étoiles.

CLIFFORD D. SIMAK

LA RÉSERVE DES LUTINS

ROMAN

TRADUIT DE L'AMÉRICAIN

PAR BARBARA KAMIR

DENOËL

Titre original :

THE GOBLIN RESERVATION

G.P. PUTNAM'S SONS
NEW YORK

19, rue de l'Université, 75007 Paris
ISBN 2-207-30119-2

I

Solidement installé derrière son bureau, l'inspecteur Drayton attendait. C'était un homme au visage décharné, qui paraissait avoir été taillé dans un bois noueux. Ses yeux étaient des pointes de silex qui parfois semblaient lancer des étincelles, ce qui était chez lui une preuve de mécontentement et de contrariété.

Mais Peter Maxwell savait qu'un tel homme ne s'abandonnerait jamais à la colère. Elle serait contenue par une volonté de fer. C'était exactement, se dit-il, la situation qu'il aurait voulu éviter et cela avait été trop espérer. Il n'était pas arrivé à sa destination prévue six semaines auparavant et il se doutait que cela entraînerait certaines réactions sur la Terre. Il n'avait pas sérieusement pensé pouvoir rentrer discrètement chez lui.

Et là, en face de ce policier, il n'avait qu'à garder son calme. Il s'adressa à lui :

— Je ne vois pas très bien pourquoi mon retour intéresse tant la Sécurité. Je m'appelle Peter Maxwell et je suis membre du Collège des Phénomènes Surnaturels à l'Université du Wisconsin. Vous avez vu mes papiers...

— Je suis tout à fait satisfait en ce qui concerne

votre identité, dit Drayton. Intrigué, peut-être, mais totalement satisfait. C'est autre chose qui me préoccupe, verriez-vous un inconvénient, Professeur Maxwell, à me dire exactement où vous avez été?

— Je ne peux pas vous dire grand-chose, dit Maxwell, j'ai été sur une planète dont je ne connais ni le nom ni les coordonnées. Elle est peut-être à moins d'une année-lumière, peut-être au-delà du Rebord.

— En tout cas, vous n'êtes pas parvenu à la destination portée sur votre feuille de route.

— En effet, dit Maxwell.

— Pouvez-vous m'expliquer ce qui s'est passé?

— Je ne puis qu'émettre une hypothèse; j'ai pensé qu'on avait pu changer ma fréquence d'identification. Peut-être l'a-t-on interceptée puis changée. J'avais d'abord songé à une erreur de transmission mais cela paraît impossible. Il y a des centaines d'années que les transmetteurs sont en service et, depuis le temps, il ne devrait plus y avoir de parasites.

— Vous voulez dire que vous auriez été kidnappé? demanda Drayton.

— Si vous voulez.

— Pourtant vous ne voulez toujours rien dire?

— Je vous ai expliqué qu'il n'y avait pas grand-chose à dire.

— Cette planète pourrait-elle avoir un rapport avec les Roulants?

Maxwell secoua la tête.

— Je ne pourrais pas en jurer mais je ne le crois pas. En tout cas, il n'y en avait aucun aux alentours, ni rien qui puisse indiquer qu'ils aient quelque chose à voir avec cette planète.

— Professeur Maxwell, avez-vous déjà vu un Roulant?

— Il y a quelques années, l'un d'eux a passé un mois ou deux au Temps. Je l'ai entrevu une fois.

— Vous reconnaîtriez donc un Roulant si vous en voyiez un?

— Oui, bien sûr.

— Vous étiez parti pour une des planètes du système Coonskin.

— Le bruit courait qu'il y aurait eu là-bas un dragon. Rien de solide, en fait, sa réalité était bien vague mais j'ai décidé que cela valait la peine de faire des recherches.

Drayton haussa un sourcil.

— Un dragon? demanda-t-il.

— Je comprends que cela soit difficile pour quelqu'un en dehors de ma branche de saisir l'importance d'un dragon. Surtout qu'il n'y a pas la moindre preuve qu'une telle créature ait jamais existé. Pourtant, c'est une légende solidement enracinée dans les folklores de la Terre et de quelques autres planètes. Les Fées, les Lutins, les Trolls, les Elfes, nous les cotoyons bien vivants, mais pas de trace de dragon.

Ce qui est bizarre, c'est qu'ici, sur Terre, cette légende du dragon n'est pas fondamentalement humaine, les Petits Hommes possèdent la même. Parfois, je me dis que ce sont eux qui nous l'ont transmise. Mais la légende seulement. Il n'y a aucune preuve...

Il se tut, gêné. En quoi la légende du dragon pouvait-elle intéresser ce stupide policier assis derrière son bureau?

— Excusez-moi, Inspecteur, je me suis laissé entraîner par mon sujet favori.

Drayton poursuivit :

— J'ai entendu dire que la légende du dragon pourrait provenir des dinosaures, souvenirs retransmis depuis des temps ancestraux.

— Moi aussi, mais cela paraît impossible. La race avait disparu bien avant l'apparition de l'homme.

— Alors, peut-être que ce sont les Petits Hommes...

— C'est possible, mais improbable. Je connais bien les Petits Hommes et je leur en ai parlé. Ils existent depuis longtemps, beaucoup plus longtemps que nous, mais rien ne prouve que leurs origines soient aussi anciennes. Ou bien, si c'est le cas, ils ne s'en souviennent pas. Or, je serais tenté de croire que leurs contes et leurs légendes ont traversé quelques millions d'années. Ils vivent extrêmement vieux. Ils sont presque immortels et, de ce fait, les traditions orales subissent chez eux très peu de transformations.

Drayton balaya d'un geste de la main dragon et Petits Hommes :

— Vous êtes parti pour le système Coonskin et vous n'y êtes jamais arrivé?

— C'est vrai. Je me suis retrouvé sur une autre planète. Une planète de cristal, recouverte d'un dôme.

— Une planète de cristal?

— Une espèce de roche. Peut-être bien du quartz, mais je ne puis rien affirmer. Peut-être était-ce du métal.

Drayton demanda doucement:

— Vous ne vous doutiez pas au départ que vous bifurqueriez vers cette planète?

— Si vous songez à une collusion, vous êtes loin du problème. Ma surprise a été immense, pas la vôtre semble-t-il. Vous m'attendiez, n'est-ce pas?

— Je n'ai pas été particulièrement surpris, la même chose était déjà arrivée deux fois auparavant.

— Alors, vous connaissez sûrement cette planète?

— Pas du tout, dit Drayton. Tout ce que je sais, c'est qu'il existe quelque part là-haut une planète qui manipule un émetteur-récepteur non enregistré et qui communique par un signal non fiché. Lorsque notre opérateur de la station du Wisconsin a capté le signal d'émission, il les a priés d'attendre, parce que tous les récepteurs étaient occupés puis il m'a joint.

— Les deux fois?

— Oui, et chaque fois ils sont entrés en contact avec nous, ici, à la station du Wisconsin.

— Mais, s'ils sont revenus...

— Justement, dit Drayton, ils ne sont pas revenus, ou tout au moins, il était impossible de leur parler. Leur fréquence d'identification ne fonctionnait plus. Tout avait été mal rebranché, complètement emmêlé. Tous deux étaient des extra-terrestres, mais tout était si embrouillé que nous avons eu du mal à découvrir qui ils étaient, et nous n'en sommes toujours pas certains.

— Ils étaient morts?

— Evidemment. Une sale affaire. Vous avez eu de la chance.

Maxwell réprima difficilement un frisson :

Je crois que c'est vrai.

— On pourrait croire, dit Drayton, que lorsqu'on a un émetteur qui se dérègle, on en cherche la cause. Je ne pourrais vous dire combien on en a trouvé qui ne pouvaient atteindre correctement leur station réceptrice.

— Mais, fit remarquer Maxwell, on doit bien savoir s'il y a des pertes. Une station ne peut manquer de rapporter immédiatement qu'un voyageur n'est pas arrivé selon les prévisions.

— C'est justement cela qui est bizarre. Il n'y a eu aucune perte. Nous sommes absolument certains que les deux extra-terrestres qui nous sont revenus morts étaient bien arrivés à destination, car aucune absence n'a été signalée.

— Mais moi, j'étais parti pour le système Coonskin, on aura sûrement fait un rapport...

Il se tut, frappé de stupeur.

Drayton hocha lentement la tête.

— Je pensais que vous auriez saisi, dit-il. Peter Maxwell est bien arrivé au système Coonskin et il est revenu sur Terre cela va faire un mois.

— Il doit y avoir une erreur, protesta faiblement Maxwell.

Il était en effet impensable qu'il puisse y avoir deux lui, qu'un autre Peter Maxwell, identique en tout point à lui-même, existât sur la Terre.

— Il n'y a pas la moindre erreur, dit Drayton. Tout au moins, de la façon dont nous avons reconstitué les faits. Cette planète ne change pas la fréquence d'identification, elle la copie.

— Alors, il est possible qu'il y ait deux moi !

— Plus maintenant, répondit Drayton. Vous êtes le seul. Environ une semaine après son retour, Peter Maxwell a eu un accident. Il est mort.

II

En sortant de la petite pièce où il s'était entretenu avec Drayton, Maxwell aperçut une rangée de sièges vides. Il s'assit avec soin dans l'un d'eux et posa son unique bagage par terre, à côté de lui.

Il était impensable, se dit-il, qu'il y ait eu deux Peter Maxwell et que l'un des deux soit mort. Incroyable aussi que cette planète de cristal possédât un équipement capable de capter et de copier une fréquence d'identification se déplaçant à une vitesse supérieure à celle de la lumière. Bien supérieure, d'ailleurs, car en aucun point de la galaxie, on n'avait pu déceler le moindre écart entre l'émission et la réception. Peut-être pouvait-on transformer cette fréquence en la captant mais la copier était une autre affaire.

Ces deux faits étaient inimaginables. Ils n'avaient pu réellement se produire. Toutefois, si l'un avait existé, l'autre n'en était que la conséquence. Si l'on avait copié sa fréquence d'identification, il y avait forcément eu deux Peter Maxwell, celui qui était allé jusqu'au système Coonskin et celui qui s'était rendu sur la planète de cristal. Mais celui qui avait été dans le système Coonskin devrait être à peine de retour. Il avait en effet prévu un voyage d'au moins six semaines, davantage s'il l'avait fallu, pour tirer cette histoire de dragon au clair.

Il remarqua que ses mains tremblaient et en eut honte. Il les serra fort l'une contre l'autre et les posa sur ses genoux. Il ne devait pas se laisser abattre.

Il se trouvait en face d'un mystère et il lui fallait l'éclaircir. Mais il ne possédait rien de concret, aucune base solide. Tout ce qu'il savait, il le tenait d'un membre de la Sécurité et il ne fallait pas y accorder trop d'importance. Cela n'était peut-être après tout qu'un sale truc pour l'intimider et le faire parler. Mais, si tout cela était vrai !

Même en admettant que ce soit vrai, il devait éclaircir cette affaire. En effet, il était chargé d'une mission, un travail très délicat.

Maintenant, peut-être que quelqu'un chargé de le surveiller allait lui compliquer la tâche, mais comment en être sûr ? Et, de toute façon, qu'est-ce que cela changerait ?

Le plus difficile serait d'obtenir un rendez-vous d'Andrew Arnold. On ne rencontre pas facilement le président d'une université planétaire. Il avait suffisamment de problèmes de son côté sans écouter les histoires d'un professeur. Surtout si celui-ci refusait de lui faire dire à l'avance de quoi il voulait l'entretenir. Ses mains ne tremblaient plus mais il les garda serrées.

Il s'accorderait encore un moment puis il marcherait jusqu'à la chaussée roulante. Là, il prendrait une des voies les plus rapides, une de l'intérieur, et, en une demi-heure il serait au campus. Il aurait vite fait d'y découvrir la vérité. Il retrouverait ses amis, Alley Oop, Fantôme, Harlow Sharp, Allen Preston et tous les autres. On boirait tard et on rirait fort au « Pig and Whistle », on discuterait paisiblement sur le mail ombragé ou au cours d'une partie de canotage sur le lac. On se raconterait de vieilles histoires et il retrouverait la douceur de vivre universitaire. Il se rendit compte qu'il avait hâte d'être sur le chemin du retour et de longer la réserve des Lutins. Dans cette réserve, il n'y avait pas que des Lutins mais beaucoup d'autres Petits Hommes. Il était leur ami à tous. Ou presque, car les Trolls savaient vraiment être horripilants et il était bien difficile d'établir un contact solide avec un Banshee.

A cette époque de l'année, se dit-il, les collines seraient magnifiques. Lorsqu'il était parti pour le système Coonskin, on était à la fin de l'été et elles étaient encore recouvertes de leur parure d'un beau vert profond. Maintenant, à la mi-octobre, elles auraient revêtu leurs atours d'automne. La vigne vierge courrait comme un fil couleur de feu au milieu du pourpre des chênes et des érables sang et or. Dans l'air flotterait cette étrange odeur de cidre, qui émane, étouffante, des feuilles mortes. Il demeurait assis et par la pensée, il retourna deux étés auparavant. Il s'était rendu en canoë, accompagné de M. O'Toole, dans la région sauvage du Nord, dans l'espoir d'entrer en contact avec les esprits chantés dans les anciennes légendes de l'Ojibway. Ils naviguaient sur les eaux transparentes de la rivière et, le soir venu, ils dressaient leur camp au bord des sombres forêts de pins. Ils pêchaient leur nourriture et découvraient des fleurs sauvages cachées dans les clairières. Ils observaient les animaux et ils avaient passé de merveilleuses vacances. Mais pas le moindre Esprit et il n'y avait là rien de bien étonnant. Très peu de contacts avaient été établis avec les Petits Hommes d'Amérique car ils étaient très sauvages. Ce qui n'était pas le cas de ceux d'Europe, à peu près civilisés, habitués à l'homme.

Le siège de Maxwell était tourné vers l'Ouest et au travers des hauts murs de verre, il pouvait voir, de l'autre côté du fleuve, les falaises bordant la frontière de l'ancien Etat de l'Iowa. Leur imposante masse pourpre se détachait nettement sur le ciel bleu pâle. Au sommet de l'une des falaises, il distinguait la tache claire du Collège de Thaumaturgie, géré principalement par les créatures octopodes de Centaure. Il se souvint de la promesse qu'il s'était souvent faite d'assister à l'un de leurs séminaires. Il ne s'y était jamais décidé.

Se préparant à se lever, il tendit la main vers son bagage, mais il ne bougea pas.

Le souffle lui manquait encore et ses jambes ne lui obéissaient pas.

Il réalisa que les paroles de Drayton l'avaient atteint davantage qu'il ne l'aurait pensé et qu'il était encore sous le choc. Il ne devait pas s'en faire, se dit-il. Il ne pouvait reprendre son souffle. Peut-être qu'après tout, rien n'était vrai. Tout était probablement faux. Il n'avait aucune raison de se tracasser avant de l'avoir vérifié.

Lentement, il se leva et il se pencha pour prendre son bagage mais il hésita encore un moment avant de se décider à se mêler à la foule de la salle d'attente. Les voyageurs, humains et extra-terrestres se pressaient ou bien attendaient, formant de petits groupes. Un vieillard à barbe blanche et vêtu solennellement de noir — sans doute un professeur — était entouré d'un groupe d'étudiants venus pour lui dire adieu. Une famille de reptiles était étalée sur des sortes de sièges spécialement installés pour eux et leurs semblables. Les deux adultes étaient tranquillement allongés et bavardaient doucement, de leur voix sifflante. Les enfants escaladaient en rampant les sièges et jouaient, étalés sur le sol.

Dans un petit renfoncement, une créature « Tonneau de Bière », roulait d'un mur à l'autre, comme un humain aurait fait les cent pas. Deux créatures « Araignées », avec leurs corps qui semblaient fabriqués à l'aide d'allumettes, étaient tapies, face à face. Elles avaient tracé à même le sol un jeu ressemblant à la bataille navale et elles déplaçaient avec des cris d'excitation des pions aux formes étranges.

Drayton lui avait demandé s'il y avait un lien entre la planète de cristal et les Roulants. Toujours les Roulants, c'était une obsession. Et peut-être avait-on raison. Mais on savait bien peu de choses d'eux. Ils avaient donné naissance, loin dans l'espace, à un autre grand groupe culturel qui se développait dans toute la galaxie. Le contact avec la culture humaine sans cesse croissante se faisait, non sans heurts, le long d'une frontière lointaine.

Il se rappelait la seule et unique fois où il avait vu un Roulant. C'était un étudiant du Collège d'Anatomie Comparée de Rio de Janeiro, il était venu au Collège du Temps pour un séminaire de deux semaines. Sa visite avait fait beaucoup de bruit sur le campus du Wisconsin mais les occasions d'apercevoir la créature extraordinaire avaient été rares car elle était restée dans les limites du séminaire. Un jour où il traversait le mail pour aller déjeuner avec Harlow Sharp, il l'avait aperçue qui roulait le long d'un couloir. Il avait été secoué.

C'était surtout les roues. Aucune autre créature dans la galaxie n'était affublée de roues. Du milieu de son corps replet et rondouillard jaillissaient deux moyeux terminés par des roues sur lesquelles il se balançait. Les roues étaient recouvertes de poils et leur rebord était en corne. La partie inférieure du corps pendait comme une poche.

Mais le pire de tout, il ne le découvrit que lorsque le Roulant s'approcha. Cette poche était transparente et remplie d'objets grouillants qui ressemblaient à des vers. C'était en fait, et Maxwell le savait, des insectes. Les Roulants, étaient un tas d'insectes articulés. Et ils formaient un groupe culturel, une population entière !

Il n'était pas difficile de comprendre toutes les histoires de terreur qui provenaient de la lointaine frontière. Et si elles étaient vraies, l'homme avait alors rencontré cet ennemi qu'on avait toujours pensé trouver un jour dans l'espace.

Maxwell pensa que de toutes les créatures bizarres ou effrayantes qui peuplaient la galaxie, aucune ne pouvait égaler en horreur un tas d'insectes monté sur roues. Il y avait de quoi avoir le souffle coupé.

Aujourd'hui, c'est par milliers que les créatures extra-terrestres venaient dans les universités et les collèges de la Terre, en tant qu'auditeurs ou en tant que professeurs. Ainsi s'était formée la grande Université Galactique. Et peut-être qu'un jour, si on trouvait un point d'entente, les Roulants eux aussi fréquenteraient les collèges terrestres. Mais on n'avait pas encore découvert ce point d'entente...

Pourquoi donc, se demandait Maxwell, alors que l'homme et les créatures avec lesquelles il avait établi des contacts dans la galaxie avaient appris à cohabiter, pourquoi donc la seule évocation des Roulants donnait-elle la chair de poule?

Rien que dans cette salle d'attente, on voyait un échantillonnage de ces créatures extra-terrestres : il y avait des Sautillants, des Rampants, des Grimpants, des Gigotants et des Tonneaux, venus de différentes étoiles et planètes. La Terre était le lieu de brassage de toute la galaxie, où tous les êtres se rencontraient pour échanger et partager pensées et cultures.

— Le numéro 56-92, appela le haut parleur,

départ dans cinq minutes, porte 37. Le passager 56-92, embarquement immédiat porte 37.

Quelle pouvait être la destination de ce passager? Les jungles de Migraine II, les villes farouches et glaciales de Misère IV, les planètes désertes des Soleils Meurtriers? ou n'importe laquelle des autres planètes innombrables? Toutes ces planètes étaient maintenant très proches, reliées par le système d'émission mais elles représentaient des années d'effort et de recherche à travers l'espace sombre et éternel. Encore maintenant, l'univers de l'homme s'accroîssait lentement et avec difficulté.

La salle d'attente était bourdonnante, on entendait les appels des voyageurs en retard, les conversations tenues en cent langues diverses, les bruits de pas.

Il prit son bagage et se dirigea vers l'entrée.

A peine avait-il fait trois pas qu'il dut céder le passage à un camion qui portait un réservoir empli d'un liquide brunâtre. Il entrevit dans le liquide opaque une ombre tapie et furieuse. Peut-être une créature d'une des planètes liquides. C'était sûrement un professeur en visite au Collège de Philosophie ou à l'Institut Scientifique.

Une fois le camion passé, il continua son chemin et sortit sur la magnifique esplanade dallée qui surplombait les chaussées roulantes. Il remarqua avec plaisir qu'il n'y avait pas de file d'attente, comme c'était si souvent le cas.

Il respira une grande bouffée d'air. De l'air pur, de l'air d'automne, vif et mordant, ce qui était bien agréable après avoir respiré pendant plusieurs semaines l'air mort et putride de la planète de cristal.

Il se dirigea vers l'escalier et, ce faisant, il aperçut l'annonce sur le passage menant aux chaussées. Elle était grande et rédigée en vieil anglais :

WILLIAM SHAKESPEARE, ESQ.
de Stratford-sur-Avon, Angleterre

« Comment je ne suis pas l'auteur de mes œuvres »
Sous le patronage du Collège du Temps
Le 22 oct, à 20 h. Auditorium du Musée du Temps
Billets dans toutes les agences.

Une voix appela:

— Maxwell !

Un homme courait vers lui.

Maxwell posa son bagage, esquissa un signe de reconnaissance puis, réalisant qu'il ne le connaissait pas, laissa retomber sa main.

L'homme ralentit :

— Vous êtes bien le Professeur Maxwell, n'est-ce pas? demanda-t-il en arrivant à sa hauteur. Je suis sûr de ne pas m'être trompé.

Maxwell acquiesca, légèrement gêné.

— Monty Churchill, se présenta l'inconnu, en tendant la main. Nous nous sommes rencontrés il y a environ un an à l'une des soirées de Nancy Clayton.

— Comment allez-vous? demanda Maxwell sur un ton plutôt froid. Maintenant, il le reconnaissait. Tout au moins son nom. Un homme de loi, à ce qu'il lui semblait, mais il n'en était pas certain. Il travaillait comme public-relation, si ses souvenirs étaient bons. Un combinard. Il faisait partie de cette race d'hommes qui travaillent pour quiconque peut les payer.

— Très bien, répondit joyeusement Churchill. Je rentre à la minute de voyage, un petit voyage. Mais, c'est bien bon de rentrer. Rien n'est meilleur que d'être chez soi. C'est pour cela que je vous ai interpellé. Vous êtes le premier visage connu que j'aie vu depuis plusieurs semaines.

— Cela me fait très plaisir, dit Maxwell.

— Vous retournez au campus?

— Oui, j'allais à la chaussée roulante.

— Ça n'est pas la peine, dit Churchill, j'ai mon avion. Il est au parking juste derrière. Il y a de la place pour deux. Vous serez rentré beaucoup plus vite.

Maxwell hésita. Churchill ne lui était pas sympathique, mais d'un autre côté, il avait raison. Il serait plus tôt au campus. Et il avait hâte d'y être pour vérifier certaines choses.

— C'est très aimable à vous, dit-il. Si vous êtes sûr d'avoir de la place...

III

Le moteur toussa puis s'arrêta. Les réacteurs ronflèrent encore une seconde et se turent. L'air vibra contre la carlingue.

Maxwell jeta un rapide coup d'œil à son voisin. Churchill était assis, raide, comme frappé de frayeur ou peut-être simplement étonné, car même Maxwell se rendait compte qu'un tel incident était absolument impensable. Un avion comme celui-ci ne pouvait tomber en panne.

En bas, il voyait les arêtes des falaises, les arbres de la forêt dardés vers le ciel, sur leur gauche, le fleuve qui coulait comme un ruban de satin à travers les bois.

Le temps s'étirait, chaque seconde transformée en minute, comme par miracle. En même temps il voyait très clairement la suite des événements, comme s'il était le témoin objectif d'un accident survenant à un autre. Dans sa tête, une petite voix lui disait que la panique viendrait plus tard et qu'à ce moment-là, le temps reprendrait son cours normal.

En se penchant, il aperçut une petite ouverture dans la forêt, une brèche parmi les rangées d'arbres sombres, et tout en bas, une petite tache verte.

Il toucha Churchill du doigt et la lui fit voir. Churchill regarda et hocha la tête. Il tourna le volant avec soin, comme s'il attendait une réponse de l'appareil.

L'engin s'inclina légèrement, se balança et vira, toujours en perte d'équilibre. Pendant un moment, il sembla se jouer des commandes puis il se laissa glisser vers la trouée dans les arbres. Maintenant, les arbres se précipitaient à leur rencontre. Juste sous eux, Maxwell voyait les coloris d'automne, les rouges, les bruns et l'or. De grands éperons rouges se tendaient pour les pourfendre, des griffes d'or voulaient les empoigner.

L'avion effleura le faîte d'un chêne, sembla hésiter puis descendit en vol plané vers le petit gazon.

Une pelouse de Fées, se dit Maxwell. Un lieu de danse pour les Fées, transformé pour eux en terrain d'atterrissage.

Il tourna la tête et vit Churchill cramponné aux commandes. Il se détourna et observa l'herbe qui venait à sa rencontre. Il se dit qu'il ne devrait y avoir ni trou, ni bosse, car lorsqu'on avait décidé de l'installation de la pelouse, les plans indiquaient que tout devait être parfaitement plat.

L'appareil heurta le sol et rebondit. Pendant un instant effroyable il se balança dans l'air puis il se remit à l'horizontale et roula doucement sur l'herbe. Du bout de la pelouse, les arbres venaient trop vite à leur rencontre.

— Cramponnez-vous ! cria Churchill et pendant qu'il prononçait ces mots, l'avion oscilla et pivota. Il s'arrêta à moins de cinq mètres des arbres.

Ils demeurèrent sur leurs sièges, emprisonnés

dans le silence qui les écrasait depuis la forêt multicolore et les falaises rocheuses.

Churchill rompit le silence :

— Nous l'avons échappé belle, dit-il.

Il souleva le cockpit et sortit de l'avion. Maxwell le suivit.

— Je ne comprends pas ce qui s'est passé, dit Churchill. Il y a dans cet avion plus d'équipement de sécurité que tout ce que vous pourriez imaginer. Bien entendu, on peut être touché par un éclair, pris dans une turbulence, on peut heurter une montagne mais le moteur, lui, ne s'arrête jamais. Il faut couper le contact.

Il s'essuya le front du revers de sa manche.

— Connaissiez-vous cet endroit? demanda-t-il.

Maxwell secoua la tête :

— Pas celui-ci en particulier. Je savais qu'il y avait des pelouses, on les avait prévues au moment où on a installé la réserve. C'est pour permettre aux Fées de danser. Je n'y pensais pas mais quand j'ai aperçu la trouée dans les arbres, je m'en suis souvenu.

— Lorsque vous me l'avez montré, dit Churchill, j'ai espéré que vous saviez ce que vous faisiez. Apparemment, il n'y avait pas d'autre endroit où se poser. J'ai pris le risque...

Maxwell, d'un geste de la main, lui demanda de se taire.

— Qu'est-ce que c'est? demanda-t-il.

— On dirait un cheval, répondit Churchill. Qui peut bien se promener à cheval? Il vient dans notre direction.

Ils firent le tour de l'avion et ils virent un sentier qui menait à un petit pont en dos d'âne et, perché en haut de la falaise, la masse d'un château en ruines.

Un cheval descendait le chemin au galop.

Une petite silhouette trapue le chevauchait. Elle rebondissait à chaque mouvement de sa monture d'une façon incroyable. Le cavalier était loin d'être gracieux, avec ses coudes écartés qui faisaient comme deux ailes.

Le cheval dévala la pente et s'élança sur la pelouse. Il n'était pas plus élégant que son cavalier. C'était un gros cheval de trait et ses énormes sabots martelaient le sol et arrachaient des mottes de terre et de gazon, qu'ils envoyaient voler derrière. Il se dirigeait droit sur l'avion, comme s'il allait le piétiner. Au dernier moment, il vira maladroitement et s'arrêta, frissonnant. Ses flancs se soulevaient comme des soufflets de forge et ses naseaux palpitaient. Son cavalier se laissa glisser au sol et explosa :

— Ce sont eux, ces bons-à-rien. Ce sont ces horribles Trolls. Je leur ai dit et répété de laisser les manches à balais. Mais non, ils ne veulent rien entendre. Chaque fois ils recommencent. Ils continuent à jeter leurs sorts.

— M. O'Toole, coupa Maxwell. Vous me reconnaissez ?

Le lutin se retourna et loucha de ses yeux myopes et injectés de sang.

— Le professeur ! s'exclama-t-il. Notre bon ami à tous ! Quelle honte ! Je vous le dis, Professeur ! Ces Trolls, je leur clouerai la peau sur une porte et j'épinglerai leurs oreilles sur un arbre.

— Vous avez bien dit qu'ils avaient jeté un sort, demanda Maxwell.

— Que voulez-vous que ce soit d'autre? s'emporta M. O'Toole. Qu'est-ce qui peut bien faire tomber un manche à balai?

Il s'approcha en trottinant de Maxwel et le dévisagea avec attention.

— Est-ce vraiment bien vous, en chair et en os?

lui demanda-t-il. On nous a raconté que vous étiez mort. Nous avons envoyé une couronne de houx et de gui en signe de profond chagrin.

— C'est bien moi, on vous a raconté des histoires.

— Alors, s'exclama M. O'Toole, nous allons fêter ça et boire tous les trois de grandes chopes de bière d'Octobre. La nouvelle cuvée est prête à être entamée et je vous invite cordialement, Messieurs, à l'inaugurer avec moi.

D'autres Lutins, une demi-douzaine environ, descendaient le sentier en courant. M. O'Toole leur fit signe de se hâter.

— Toujours en retard, se lamenta-t-il. Ils font toujours les malins mais toujours un peu tard. Ce sont de braves garçons, ils ont bon cœur mais il leur manque cette vivacité qui caractérise les vrais lutins comme moi.

Les Lutins arrivaient à la pelouse, hors d'haleine. Ils se rangèrent impatiemment devant M. O'Toole.

— J'ai du travail pour vous, leur dit-il. D'abord, allez au pont et dites aux Trolls de ne plus jeter de sorts. Dites-leur que c'est la dernière fois. S'ils recommencent, nous démolirons leur pont, et nous en éparpillerons toutes les pierres pour qu'ils ne puissent plus jamais le reconstruire. Et dites-leur de retirer le sort du manche à balai et qu'ils le laissent voler. Que quelques-uns trouvent les Fées et leur expliquent comment leur gazon a été abîmé, en rejetant bien toute la faute sur ces sales Trolls. Vous leur promettrez que tout sera bien remis en état et qu'elles pourront danser à la pleine lune.

Et, que l'un de vous s'occupe de Dobbin. Il faut faire attention à ce qu'il n'abîme pas davantage le gazon avec ses gros sabots mais il a tout de même le droit de brouter une ou deux touffes d'herbe, là où elle est la plus longue. La pauvre bête n'a pas tous les jours l'occasion de se régaler avec une pâture de cette qualité.

Il se tourna vers Maxwell et Churchill, se frottant les mains pour exprimer la satisfaction de la tâche remplie.

— Et maintenant, Messieurs, si vous voulez bien venir avec moi en haut de la colline, nous allons essayer la douce bière d'Octobre. Je vous demanderai de marcher lentement, car j'ai beaucoup grossi dernièrement et le souffle me manque.

— Nous vous suivons, mon vieil ami, dit Maxwell. C'est avec plaisir que nous accorderons notre pas au vôtre. Cela fait bien longtemps que nous n'avons pas bu de bière d'Octobre ensemble.

— C'est bien vrai, dit Churchill faiblement.

Ils commencèrent à gravir le sentier. En haut de la falaise, le château en ruines se détachait nettement sur le ciel pâle.

— Je dois vous demander à l'avance d'excuser le mauvais état du château, leur dit M. O'Toole. Il est rempli de courants d'air porteurs de rhumes, d'infections des sinus et de bien d'autres misères. Le vent souffle méchamment et il y règne une odeur d'humidité et de moisi. Je ne puis arriver à comprendre pourquoi vous autres, humains, ne nous construisez pas des châteaux confortables et qui puissent résister aux intempéries. Ça n'est pas parce qu'autrefois nous vivions dans des ruines que nous avons renoncé au confort. Nous vivions dans ces conditions parce que c'était tout ce que la pauvre Europe avait à nous offrir.

Il reprit sa respiration et continua :

— Je me souviens. Il y a deux mille ans ou plus, nous vivions dans des châteaux flambant neufs. Ils étaient assez rudimentaires, bien sûr, mais les humains à cette époque ne pouvaient faire mieux. Ils travaillaient sans outils, sans machines, de leurs mains nues. Et nous, nous étions forcés de nous cacher dans les fissures des murs, dans les recoins des châteaux à cause de l'ignorance des humains. Ils nous craignaient et nous détestaient et, dans leur bêtise, ils essayaient de nous jeter des sorts. Mais, dit-il avec satisfaction, la plupart n'y réussissaient pas. Alors que nous, sans nous donner le moindre mal, nous pouvions leur jouer des tours et anéantir leurs sorts.

— Vous avez dit il y a deux mille ans, dit Churchill. Vous ne voulez pas dire que...

Maxwell lui fit un signe de la tête pour lui imposer silence.

M. O'Toole s'arrêta au milieu du sentier et jeta à Churchill un regard foudroyant.

— Je me rappelle, dit-il, le jour où les barbares sont venus de cette forêt marécageuse que vous appelez maintenant Europe Centrale, pour frapper aux portes de Rome avec la garde de leurs épées. Nous en avons entendu parler dans les profondeurs des forêts où nous avions élu domicile. Il y avait alors d'autres Petits Hommes qui avaient entendu parler des Thermopyles quelques semaines après l'événement, ils sont morts depuis.

— Je suis désolé, dit Maxwell, tout le monde ne connaît pas les Petits Hommes aussi bien...

— Je vous en prie, dit M. O'Toole, mettez-le au courant.

— C'est vrai, dit Maxwell à Churchill. En tout cas, cela se peut. Ils ne sont pas vraiment immortels mais leur longévité dépasse tout ce que nous connaissons. Ils ont très peu de naissances, car, sinon, la terre ne serait pas assez grande pour eux tous. Mais ils vivent jusqu'à un âge extrêmement avancé.

— C'est, dit M. O'Toole, parce que nous menons une vie très proche de la nature et ne gaspillons pas nos forces comme le font les hommes en soucis futiles. Ce qui, d'ailleurs, anéantit leur vie et leurs espoirs.

Mais, ceci est un sujet bien noir pour une si belle après-midi d'automne. Dirigeons plutôt nos pas vers la bière mousseuse qui nous attend au sommet de la colline.

Il se plongea dans le silence et recommença à gravir le sentier d'un pas rapide.

Un être minuscule courait à leur rencontre. Son immense chemise multicolore flottait derrière lui, dans sa course éperdue.

— La bière! cria-t-il. La bière!

Il s'arrêta en face d'eux trois qui peinaient dans la montée.

— Quoi, la bière? haleta M. O'Toole. Est-ce que vous voudriez par hasard m'avouer que vous y avez goûté?

— Elle est aigre, gémit le Lutin, toute la cuvée est aigre!

— Mais, protesta Maxwell qui saisissait l'importance du drame, la bière ne peut tourner.

M. O'Toole fit des bonds de fureur, son visage vira du brun au rouge puis il devint violet. Sa respiration se fit sifflante et haletante.

— Un tour de sorcellerie peut la faire tourner!

Il se retourna et se mit à redescendre le sentier au pas de course, suivi du petit lutin.

— Attendez voir, cria M. O'Toole, laissez-moi mettre la main sur ces ignobles Trolls. Je vais les attraper et je les pendrai dans le soleil jusqu'à ce qu'ils soient complètement desséchés. Je les dépècerai. Je leur donnerai une leçon qu'ils ne seront pas près d'oublier.

Au fur et à mesure qu'il s'éloignait, ses imprécations diminuaient de vigueur pour se transformer en marmonnements inintelligibles alors qu'il se dirigeait à toute vitesse vers le pont sous lequel vivaient les Trolls.

Les deux hommes regardaient avec un mélange de surprise et d'admiration un courroux si superbe et si éclatant.

— Eh bien ! dit Churchill, voilà notre dernière chance de boire de la bière qui s'en va.

IV

Quand Maxwell arriva à la limite du campus, en provenance de l'aéroport par une des chaussées les plus lentes, l'horloge du Hall de la Musique sonnait le premier coup de six heures. Churchill avait pris une autre chaussée et Maxwell en était très content. Pas seulement à cause du dégoût qu'il éprouvait pour cet homme mais aussi parce qu'il voulait se retrouver seul. Il avait envie de faire le voyage seul, les fenêtres ouvertes, sans avoir à parler à personne, en silence. Il voulait s'imprégner du panorama et des sensations que lui apportaient les quelques hectares de bâtiments et de mails. Il rentrait chez lui, dans un lieu chéri.

Le crépuscule baignait le campus comme un divin brouillard, il estompait les contours des bâtisses, transformait les mails en illustrations de livres de contes.

Des groupes d'étudiants bavardaient tranquillement le long des mails, leurs livres ou leurs sacoches sous le bras. Un homme aux cheveux blancs était assis sur un banc. Il regardait jouer deux écureuils sur la pelouse. Deux créatures extra-terrestres — des Reptiles — ondulaient le long d'un chemin brumeux, plongées dans une discussion. Un étudiant humain marchait à grands pas en sifflant, le long du trottoir. Son sifflement se répercuta dans les coins tranquilles des bâtiments. En croisant les reptiles, il leva la main pour un salut solennel.

Et partout, se dressaient les arbres, de grands ormes qui étaient là depuis des temps très lointains. Depuis plusieurs générations, ils remplissaient leur rôle de sentinelles vigoureuses.

La grosse horloge commença à sonner l'heure. Son heurtoir de bronze résonnait dans le lointain et il sembla à Maxwell que par la voix de la cloche, c'était le campus en entier qui lui souhaitait la bienvenue. Il se dit que l'horloge était une amie. Pas seulement la sienne, mais celle de tous ceux qui l'entendaient. Elle était la voix du campus. Couché dans son lit, avant de s'endormir, il l'avait écoutée nuit après nuit qui carillonnait et comptait les heures fugitives. Peut-être était-elle davantage qu'une machine à compter le temps, peut-être était-elle aussi un veilleur dont la voix s'élève dans la nuit pour dire que tout va bien.

L'ensemble imposant formé par les bâtiments du Collège du Temps se détacha dans le crépuscule. Son importance faisait paraître la chaussée et le mail plus petits. C'était un grand bloc de plastique et de verre, avec beaucoup de fenêtres éclairées. Tapi à ses pieds se trouvait le musée, sur la façade duquel se balançait une affiche blanche. Dans l'obscurité et à cette distance, il ne pouvait distinguer qu'un mot : SHAKESPEARE.

Il sourit intérieurement. Aux Lettres Anglaises, ils devaient être hors d'eux. Le vieux Chenery et tous les autres n'avaient jamais totalement pardonné au Temps d'avoir prouvé deux ou trois ans auparavant que c'était le duc d'Oxford et non Shakespeare qui avait écrit les pièces de théâtre.

Et que l'homme de Stratford-sur-Avon fasse une apparition en chair et en os devait leur retourner le couteau dans la plaie.

Dans le lointain, à l'ouest du campus, Maxwell pouvait distinguer la section administrative qui se détachait bien, masse sombre sur la colline, contre les dernières lueurs rougeâtres du soleil couchant.

La chaussée roulante passa devant le Collège du Temps et son musée. L'horloge finit d'égrener les heures. Les dernières notes moururent dans le lointain.

Six heures... Dans quelques minutes, il descendrait de la chaussée et irait aux « Winston Arms » qui étaient depuis quatre ans — ou plutôt cinq — son domicile. Il glissa la main dans la poche droite de son veston et, du bout des doigts, il suivit le contour des clés rangées dans la petite poche intérieure.

Pour la première fois depuis qu'il avait quitté la gare du Wisconsin, l'histoire des deux Peter Maxwell lui revint à l'esprit. Peut-être était-ce vrai, mais il y avait peu de chances. C'était bien le genre de tours que la Sécurité savait inventer pour désarçonner quelqu'un. Mais, si cela n'était pas vrai, pourquoi aucun rapport n'était-il parvenu du Coonskin, signalant son absence? Mais il tenait aussi ce renseignement de Drayton. La même chose était déjà arrivée deux fois auparavant. Si la véracité des dires de Drayton pouvait être mise en cause pour une histoire, elle l'était aussi pour l'autre. Si la planète de cristal avait déjà fait deux kidnappings, on ne lui en avait en tout cas rien dit pendant qu'il y était. Mais cela non plus n'était pas une preuve. Les habitants de la planète de cristal ne lui avaient probablement dit que ce qu'ils voulaient bien qu'il sache.

Ce qui le tracassait le plus, ça n'était pas tant ce

qu'avait pu lui dire Drayton que les paroles de M. O'Toole.

— Nous avons envoyé des guirlandes de houx et de gui en signe de profond chagrin.

Si les choses s'étaient passées différemment, il aurait pu en parler à son ami le lutin, mais, malheureusement, il n'avait pu lui parler de rien du tout.

Tout cela, se dit-il, pouvait attendre.

Dans un moment, il serait chez lui et de là, en téléphonant à n'importe qui, il connaîtrait la vérité. Qui appeler? Harlow Sharp au Temps? Dallas Gregg, son directeur? Ou bien peut-être Xigmu Maon Tyre, le vieil Eridnéen couvert de fourrure blanche et dont les yeux violets avaient toujours une expression de méditation. Il avait passé une grande partie de sa vie dans le petit casier de son bureau à analyser la structure des mythes. Il ferait peut-être mieux de téléphoner à Allen Preston, son ami l'avoué, car si jamais ce que lui avait dit Drayton était vrai, il lui faudrait affronter d'ennuyeuses questions administratives. Avec impatience, il se reprit intérieurement. Il commençait à y croire. S'il continuait ainsi, il en serait bientôt persuadé.

La résidence « Winston Arms » était juste au bout de la rue. Il se leva, prit son sac et passa sur la chaussée extérieure, la plus lente. Il attendit un peu et descendit en face de chez lui. Il ne vit personne pendant qu'il gravissait les marches menant à la grande entrée de l'immeuble. Il fouilla dans sa poche et il en sortit son trousseau de clés. Il y trouva celle qui ouvrait la porte d'entrée. Il monta dans un des ascenseurs et appuya sur le bouton du 7ᵉ étage.

La clé tourna doucement dans la serrure de son appartement et la porte s'ouvrit. Il s'avança dans la pièce sombre. Derrière lui, la porte se referma avec un déclic et il tendit la main vers l'interrupteur mural.

Il arrêta son geste. Il y avait quelque chose d'anormal. Une impression. A moins que ce ne soit une odeur. Oui, c'était bien cela, une odeur. Un parfum étranger, léger et délicat.

Il claqua le mur du plat de la main et la lumière s'alluma.

La pièce était différente. Les meubles n'étaient pas les mêmes. Et ces tableaux sur les murs ! Jamais il n'avait rien possédé de semblable.

Derrière lui, la clé tourna de nouveau dans la serrure et il se retourna.

La porte s'ouvrit toute grande et un tigre pénétra, de sa démarche altière.

A la vue de Maxwell, le gros chat se tapit et gronda, sortant des griffes longues de vingt centimètres.

Précautionneusement, Maxwell recula. Le chat se rapprocha d'une trentaine de centimètres, continuant à grogner. Maxwell fit encore un pas en arrière. Soudain, il sentit un choc contre sa cheville. Il tenta de se dégager mais il ne le put et il se rendit compte qu'il était en train de tomber. Pourtant, il avait vu le pouf, il aurait dû s'en souvenir. Il avait buté dessus et s'étalait sur le dos. Il s'efforça de demeurer souple pour ne pas heurter le sol trop fort. Il n'arriva pas jusque-là, il sentit sous son dos quelque chose de doux et moelleux. Il comprit qu'il avait atterri sur le canapé qui se trouvait derrière le pouf.

Le chat effectua un bond gracieux, les oreilles basses, la gueule entrouverte, ses grandes pattes tendues en avant comme deux béliers. Maxwell leva vite les bras pour se protéger mais ils furent repoussés comme un rien. Les pattes le clouèrent sur le canapé. La grosse tête du chat se trouva juste devant son visage, ses grands crocs luisants sortis. Lentement, le chat baissa la tête et une grande langue rose et râpeuse lui parcourut le visage.

Le chat se mit à ronronner.

— Sylvester ! appela une voix dans l'embrasure. Sylvester, ça suffit !

Le chat lécha encore une fois le visage de Maxwell, de sa langue humide et rêche, puis il s'accroupit et le considéra avec un intérêt amical et enthousiaste, les oreilles pointées vers l'avant, un demi-sourire posé sur sa gueule.

Maxwell se souleva et se retrouva à moitié assis, le bas du dos calé par les coussins du canapé, les épaules contre le dossier.

— Mais qui êtes-vous donc? demanda la fille qui se tenait sur le seuil.

— Eh bien...

— Vous n'êtes pas bien, dit-elle.

Sylvester ronronna.

— Je suis désolé, Mademoiselle, mais j'habite ici, ou tout au moins, j'y habitais. C'est bien l'appartement soixante et onze n'est-ce pas?

— Oui. Cela fait tout juste une semaine que je l'ai loué.

Maxwell secoua la tête :

— J'aurais dû m'en douter. Les meubles n'étaient pas les miens.

— J'ai demandé au propriétaire de me débarrasser de tous ces vieux machins, dit-elle. C'était vraiment atroce.

— Attendez que je devine, dit Maxwell. Un vieux siège vert, pas confortable pour un sou.

— Et un coffret rempli de liqueur de noix, ajouta la fille, et un horrible paysage, et...

— Ça suffit comme ça, dit-il, ce sont mes meubles que vous avez jetés.

— Je ne comprends pas. Le propriétaire m'a dit que le locataire précédent était mort? Un accident, je crois.

Maxwell se leva lentement. Le gros chat l'imita, se rapprocha de lui et se frotta contre ses jambes.

— Arrête ! Sylvester, lança la fille.

Sylvester continuait à se frotter.

— Il ne faut pas faire attention, dit-elle. Ce n'est qu'un gros bébé.

— Un bio-méca?

Elle acquiesça :

— Il n'y a pas plus mignon. Il m'accompagne partout. Il est rarement embêtant. Je ne sais pas ce qui lui a pris. On dirait qu'il vous aime bien.

Pendant qu'elle parlait, elle regardait le chat, mais maintenant, elle observait Maxwell :

— Vous ne vous sentez pas bien? demanda-t-elle.

Maxwell secoua la tête.

— Vous avez l'air tout drôle, insista-t-elle.

— Je crois que je suis un peu secoué. Ce que je vous ai dit est la vérité. J'habitais ici, jusqu'à il y a quelques semaines. Il y a eu une confusion...

— Asseyez-vous. Vous prendrez bien quelque chose?

— Volontiers. Mon nom est Peter Maxwell et je suis membre de la Faculté...

Elle le coupa :

— Attendez ! Vous avez bien dit Maxwell? Je me rappelle maintenant, c'est le nom...

— Oui, je sais, dit Maxwell, de celui qui est mort.

Il s'assit avec soin sur le canapé.

— Je vais vous chercher à boire, proposa la fille.

Sylvester se rapprocha et posa doucement la tête sur les genoux de Maxwell qui le gratta derrière l'oreille. En ronronnant, le chat tourna la tête pour lui montrer où cela le démangeait.

La fille revint avec les boissons et s'assit à côté de lui.

— Je ne comprends toujours rien, dit-elle. Si vous êtes bien l'homme qui...

— C'est assez compliqué, lui dit Maxwell.

— Je dois reconnaître que vous avez l'air de le prendre assez bien. Vous êtes peut-être un peu secoué mais pas vraiment atteint dans le fond de vous-même.

— En fait, j'étais déjà un peu prévenu. On me l'avait dit mais je n'y croyais pas. Je pense que surtout, je ne voulais pas y croire.

Il souleva son verre :

— Vous ne buvez pas?

— Si vous vous sentez bien, je vais aussi en prendre un verre.

— Oh, mais je vais très bien. Je vais tâcher de survivre.

Il la regarda et pour la première fois, il la vit réellement. Douce et nette, ses cheveux noirs libres sur les épaules, de longs cils, les pommettes hautes. Et deux yeux qui lui souriaient.

— Comment vous appelez-vous? demanda-t-il.

— Carol Hampton. Je suis historienne au Temps.

— Mademoiselle Hampton, je vous demande pardon. J'étais en voyage, hors de la planète. Je viens de rentrer. Ma clé correspondait à la serrure et puis, au moment de mon départ, cet appartement était le mien...

— Vous n'avez pas besoin de vous justifier.

— Nous allons boire ce verre, dit-il, et je vous laisserai. A moins...

— A moins?

— A moins que vous n'acceptiez de dîner avec

moi. Mettons que ce soit pour vous remercier de votre compréhension. Vous auriez pu vous enfuir en poussant des cris.

— Et si tout cela n'était qu'une blague ! dit-elle. Si vous...

— Ce n'est pas une blague. Ce serait vraiment trop bête de ma part d'inventer toute cette histoire. Et en plus, comment expliquez-vous que j'aie la clé ?

Elle le regarda un instant puis dit :

— Excusez-moi, j'ai été idiote. Mais il faudra que Sylvester vienne avec nous. Il ne veut pas rester tout seul.

— Mais, dit Maxwell, je n'ai jamais eu l'intention de le laisser. Lui et moi sommes copains.

— Cela vous coûtera un steak. Il a toujours faim et il ne mange que de bons steaks. Des très gros, et crus.

V

Le « Pig and Whistle » était sombre, bruyant et enfumé. Les tables y étaient très serrées les unes contre les autres. Des chandelles éclairaient la salle d'une lueur vacillante. Les voix résonnaient sous le plafond très bas et elles se confondaient toutes.

Maxwell s'arrêta et chercha du regard une table libre. Il pensa qu'ils auraient peut-être mieux fait d'aller ailleurs car cet endroit, qui était le lieu de réunion de tous les étudiants et de quelques membres de la Faculté, lui rappelait le campus.

— Peut-être que nous n'aurions pas dû venir ici, dit-il à Carol Hampton.

— Nous allons avoir une table d'un instant à l'autre, dit-elle. Cela doit être une heure d'affluence. Tout le monde est bousculé. Sylvester, ça suffit !

Elle s'adressa d'une voix enjôleuse aux personnes assises à la table voisine :

— Excusez-le, s'il vous plaît. Il ne sait pas se tenir. Surtout à table. Il vole tout ce qu'il voit.

Sylvester se léchait les babines, l'air réjoui.

— Ne vous tracassez pas, lui dit un barbu, je n'en avais vraiment pas envie. Je me suis vraiment forcé pour commander ce steak.

Une voix appela :

— Pete ! Pete Maxwell !

Maxwell scruta l'obscurité. Quelqu'un lui faisait des gestes, debout à une table dans le fond de la salle. Finalement, Maxwell réussit à reconnaître Alley Oop et à côté de lui, enveloppé dans son linceul, Fantôme.

— Ce sont des amis à vous? demanda Carol.

— Oui, et on dirait qu'ils nous demandent de nous asseoir avec eux. Cela ne vous ennuie pas?

— D'être avec l'homme de Neanderthal?

— Vous le connaissez?

— Non. Je l'ai aperçu plusieurs fois. Mais j'aimerais faire sa connaissance. Et l'autre, c'est le Fantôme?

— Ils sont inséparables, dit Maxwell.

— Eh bien ! allons les rejoindre.

— Nous pouvons leur dire bonsoir et aller ailleurs.

— Jamais de la vie. Cet endroit me paraît très intéressant.

— Vous n'étiez jamais venue?

— Je n'ai jamais osé, dit-elle.

— Suivez-moi, je vais vous ouvrir la voie.

Il se fraya un chemin au milieu des tables, suivi de la jeune fille et de son chat.

Alley Oop s'avança dans le passage pour l'accueillir. Il l'enlaça, le serra contre lui puis le saisit aux épaules et le garda à bout de bras pour pouvoir l'observer bien en face.

— C'est bien notre vieux Pete? Tu ne nous fais pas une farce?

— Je suis Pete, dit Maxwell. Qui d'autre veux-tu que je sois?

— Alors, je serais curieux de savoir qui nous avons enterré il y a eu trois semaines jeudi dernier.

Fantôme et moi y étions tous les deux. Et tu nous dois vingt dollars pour les fleurs.

— Asseyons-nous, dit Maxwell.

— Tu as peur de faire un esclandre, dit Oop. Cet endroit est fait pour les esclandres. Il y a une bagarre à l'heure et il y a toujours quelqu'un prêt à grimper sur une table et faire un discours.

— Oop, dit Maxwell, nous avons une dame parmi nous et j'aimerais que tu te calmes et que tu te civilises. Mademoiselle Hampton, je vous présente ce grand nigaud d'Alley Oop.

— Enchanté, dit Oop. Et qu'est-ce que cette bête que vous avez avec vous? Cela m'a tout l'air d'être un chat sauvage. Il faut que je vous raconte une histoire. C'était un jour de tempête et je cherchais abri dans une grotte. Je me suis trouvé en face d'un gros chat comme celui-ci. J'avais pour seule arme un poignard en pierre. Voyez-vous, j'avais perdu ma massue contre un ours et...

— Une autre fois, interrompit Maxwell. Laisse-nous au moins nous asseoir. Nous avons faim et nous n'avons pas l'intention de nous faire mettre dehors.

Tout en marmonnant, Oop les guida enfin vers la table et il tendit une chaise à Carol. Sylvester s'installa entre elle et Maxwell. Il posa son museau sur la table et regarda Oop d'un air mauvais.

— Ce chat ne m'aime pas, déclara Oop. Il sait sans doute combien de ses ancêtres j'ai démoli à l'âge de pierre.

— Ce n'est pas possible. Ce n'est qu'un bio-méca.

— Je n'en crois pas un mot. Cette sale bête n'est pas un bio-méca. Il a dans les yeux la même lueur de méchanceté que tous les autres chats sauvages.

— Je t'en prie, Oop, tais-toi un instant, dit Maxwell. Mademoiselle Hampton, je vous présente Fantôme, un vieil ami à moi.

— Enchanté, Monsieur Fantôme, dit Carol.

— Pas Monsieur. Fantôme tout court. C'est tout ce que je suis, et ce qu'il y a de terrible, c'est que je ne sais pas de qui je suis le fantôme. Je suis ravi de faire votre connaissance. C'est merveilleux de se retrouver à quatre autour de cette table. Le chiffre quatre implique une idée de bonheur et d'équilibre.

— Eh bien ! dit Oop, maintenant que nous nous connaissons tous, passons aux choses sérieuses. Buvons un peu. C'est triste de boire seul. J'adore Fantôme, bien sûr, mais je n'aime pas qu'un homme ne boive pas.

— Mais tu sais bien que je ne peux ni boire, ni manger, ni fumer, protesta Fantôme. Il y a beaucoup de choses qu'un fantôme ne peut faire, mais j'aimerais bien que tu cesses de le faire remarquer à chaque personne que nous rencontrons.

Oop s'adressa à Carol :

— Vous semblez surprise qu'un homme de Néanderthal manie l'anglais avec une telle facilité.

— Je ne suis pas surprise, je suis stupéfaite.

Maxwell lui expliqua :

— Depuis douze ans, Oop a été gorgé d'instruction plus que n'importe qui. Il a démarré au niveau du jardin d'enfants et maintenant, il prépare un doctorat. Et il a l'intention de pousser plus avant. Il est, je dois le reconnaître, un de nos étudiants les plus acharnés.

Oop fit de grands gestes pour appeler le garçon.

— Par ici cria-t-il. Il y a des amateurs. Pour l'instant, ils sont tous en train de mourir lentement de soif.

— Ce que j'ai toujours admiré en lui, dit Fantôme, c'est son côté timide et effacé.

— Je continue mes études, dit Oop, pas seulement parce que je suis avide de savoir, mais surtout pour le plaisir que j'éprouve à voir les visages éberlués de tous ces professeurs guindés et de leurs disciples puants.

Il se tourna vers Maxwell :

— Tous les professeurs ne sont pas guindés.

— Merci, dit Maxwell.

— Il y en a qui pensent que l'*Homo sapiens neanderthalis* ne peut être autre chose qu'une brute stupide. Après tout, il a disparu, il n'a pu survivre, ce qui prouve bien qu'il avait atteint un certain niveau. Je crois que je vais devoir sacrifier ma vie pour prouver que...

Le serveur arriva à côté de Oop.

— C'est encore vous, dit-il. J'aurais dû reconnaître vos cris. Vous n'avez aucune éducation.

Ignorant l'insulte, Oop lui déclara :

— Nous avons parmi nous un homme qui revient d'entre les morts. Je pense qu'une bonne camaraderie serait la bienvenue pour célébrer cette résurrection.

— Si vous voulez boire quelque chose, je prends la commande.

— Pourquoi, demanda Oop, n'apporteriez-vous pas simplement une bonne bouteille de gnôle, un seau à glace, et quatre — non, trois — verres? Vous savez que Fantôme ne boit jamais.

— Je sais, dit le garçon.

— A moins, dit Oop, que Mademoiselle Hampton ne préfère une boisson fantaisie.

— Pourquoi voulez-vous que je mette la pagaille? Que prenez-vous donc?

— Du bourbon, répondit Oop. Pete et moi avons un vilain penchant pour l'alcool.

— Eh bien alors, va pour le bourbon.

— J'espère que quand je vous apporterai la bouteille, vous aurez de quoi me payer. Je me rappelle quand...

Oop ne le laissa pas continuer :

— Ce bon Pete m'avancera la différence.

— Pete? Le garçon regarda Maxwell. Mais, Professeur, on m'avait raconté...

— C'est ce que j'ai essayé de vous dire, dit Oop. Nous fêtons son retour d'entre les morts.

— Mais, je ne comprends pas.

— Vous n'avez pas à comprendre. Contentez-vous de vous dépêcher de nous apporter la gnôle.

Le garçon s'éloigna rapidement.

— Et maintenant, dit Fantôme à Maxwell, explique-nous. Apparemment tu n'es pas un fantôme ou alors on a fait des progrès depuis l'époque où celui que je représente a abandonné sa dépouille mortelle.

— Je crois, leur dit Maxwell, que je suis un dédoublement de personnalité. L'un des deux a eu un accident. Il est mort.

— Mais, dit Carol, c'est impossible. On peut parler de dédoublement de personnalité au sens psychique, mais pas au sens physique.

— Rien n'est impossible, dit Fantôme.

Oop gratta vigoureusement, avec ses gros doigts, sa poitrine velue.

— Vous n'avez pas besoin de prendre cet air horrifié, dit-il à Carol. Cela me démange et, comme je suis une créature primitive, je me gratte. Et puis, je ne suis pas nu, je porte un short.

— Il est domestiqué, dit Maxwell, mais à peine.

— Pour en revenir à ce dédoublement de personnalité, dit Carol, pouvez-vous nous raconter exactement ce qui s'est passé?

— Je suis parti pour une des planètes du système Coonskin, commença Maxwell. J'étais déjà bien avancé quand ma fréquence d'identification s'est en quelque sorte dédoublée et je suis arrivé en deux endroits.

— Vous voulez dire qu'il y avait deux Peter Maxwell? demanda la fille.

— Oui, c'est bien cela.

— A ta place, dit Oop, je les attaquerais. Ces types des Transports gagnent très bien leur vie, tu pourrais leur soutirer de l'argent. Fantôme et moi pourrions témoigner, nous étions à ton enterrement.

En fait, ajouta-t-il, nous pourrions les attaquer aussi pour cruauté mentale. Notre meilleur ami était devant nous dans son cercueil et nous, nous étions accablés par la douleur.

— C'est vrai, dit Fantôme. Nous étions vraiment accablés de douleur.

— Je n'en doute pas, dit Maxwell.

— Je trouve, dit Carol, que vous prenez tout cela bien à la légère.

— Que voulez-vous que nous fassions? demanda Oop. Que nous chantions des Alléluias? Que nous roulions des yeux écarquillés? Nous avions perdu notre copain. Eh bien! nous l'avons retrouvé.

— Mais, protesta Carol, un Peter Maxwell est mort.

— D'accord, dit Oop, mais en ce qui nous concerne, il n'y en a jamais eu qu'un. Et c'est peut-être mieux ainsi. Imaginez les situations désagréables que cela pourrait entraîner.

Carol se tourna vers Maxwell :

— Et vous, qu'en pensez-vous?

Il secoua la tête :

— D'ici un jour ou deux, j'y songerai sérieusement. Pour l'instant, j'abandonne. A vrai dire, quand j'y pense, cela me donne le frisson. Mais ce soir, j'ai une belle fille, deux vieux amis, un gros chat, une bouteille à descendre et, bientôt, un bon dîner.

Il lui sourit et elle haussa les épaules.

— Je crois, dit-elle, que je n'ai jamais vu une bande de fous pareils. D'ailleurs, je crois que j'aime bien cela.

— Moi aussi, dit Oop. On a beau dire, on a tout de même fait des progrès, en comparaison de mon époque. Le jour où une équipe du Temps m'a transplanté ici a été le plus beau jour de ma vie. Juste au moment où mes chers amis de ma tribu allaient me prendre pour plat de résistance. Je ne les critique pas. Voyez-vous, l'hiver avait été long, la neige épaisse et le gibier rare. Et puis, il y avait quelques membres de la tribu qui estimaient avoir un ou deux comptes à régler avec moi. Ils avaient peut-être raison. Ils allaient me taper sur la tête quand je suis tombé dans le cirage, si je peux m'exprimer ainsi.

— Des cannibales ! s'exclama Carol horrifiée.

— En ces temps si rudes, dit Oop, c'était plutôt normal. Bien sûr, vous ne pouvez pas comprendre. Vous n'avez jamais eu faim, je parie.

Il s'interrompit et regarda autour de lui :

— Ce qu'il y a de plus beau, dans cette civilisation, c'est l'abondance de nourriture. Autrefois, il y avait des hauts et des bas. On descendait un mastodonte, on en mangeait jusqu'à en vomir, et puis...

— Je ne crois pas, dit Fantôme sentencieusement, que ce soit le sujet de conversation rêvé pour un dîner.

Oop jeta un coup d'œil à Carol :

— Vous devez m'accorder, insista-t-il, que quand je dis vomir, c'est bien vomir que je veux dire, et pas régurgiter.

Le serveur apporta la bouteille d'alcool. Il la posa sur la table avec le seau à glace.

— Voulez-vous passer votre commande tout de suite? demanda-t-il.

— Nous n'avons pas encore décidé si nous allions dîner dans ce troquet, répondit Oop. Ça va encore pour se saoûler, mais...

— Alors, Monsieur, dit le serveur. Il posa la note sur la table.

Oop plongea la main dans sa poche et en retira de la monnaie. Maxwell approcha la bouteille et le seau à glace et servit à boire.

— Nous allons dîner ici, n'est-ce pas? demanda Carol. Si Sylvester n'a pas le steak que vous lui avez promis, je me demande ce qui va se passer. Il a été tellement gentil et patient, avec toutes ces bonnes odeurs de nourriture...

— Il a déjà eu un steak, fit remarquer Maxwell. Combien peut-il en avaler?

— Il n'y a pas de limite, dit Oop. Dans le temps, un seul de ces monstres pouvait dévorer entièrement un élan en une seule fois. Vous ai-je raconté...

— Je suis sûr que oui, coupa Fantôme.

— Mais, c'était un steak cuit, protesta Carol. Il les aime crus. En plus, il était tout petit.

— Oop, dit Maxwell, appelle le garçon. Tu le fais très bien, tu as la voix qu'il faut.

Oop leva un bras musclé et poussa un mugissement. Il attendit un instant et recommença, sans résultat.

— Il ne m'écoutera pas, grommela-t-il. Peut-être n'est-ce pas le nôtre. Je ne reconnais jamais ces singes les uns des autres. Ils sont tous pareils.

— Je n'aime pas la foule, ce soir, dit Fantôme. Il y a de la bagarre dans l'air.

— Qu'est-ce qui ne va pas? demanda Maxwell.

— Il y a tout un tas de gens des Lettres Anglaises. Cela n'est pas leur habitude. Les clients viennent surtout du Temps et des Surnaturels.

— Tu veux dire que c'est à cause de cette histoire de Shakespeare?

— Cela se pourrait, dit Fantôme.

Maxwell tendit un verre à Carol et en poussa un autre vers Oop.

— Cela me fait de la peine que vous ne buviez pas, dit Carol à Fantôme. Est-ce que vous ne pourriez pas renifler un peu l'arôme?

— Ne vous en faites pas, dit Oop. Il se soûle sur un rayon de lune et il danse sur les arcs-en-ciel. Il a tout une quantité d'avantages qui nous sont complètement étrangers. D'abord, il est immortel. Qu'est-ce qui pourrait provoquer la mort d'un fantôme?

— Il y a une chose qui me tracasse, dit Carol.

— Allez-y, dit Fantôme.

— C'est vrai que vous ne savez pas de qui vous êtes le fantôme? Ce n'est pas une blague?

— Non, dit Fantôme. Et, je n'ai pas honte de l'avouer, c'est très gênant. J'ai complètement oublié. Je sais que je viens d'Angleterre. Mais je ne me souviens pas du nom. Je pense que la plupart des autres fantômes...

— Nous n'en avons pas d'autres, dit Maxwell. Bien sûr, on a établi des contacts avec eux, on a tenu des conversations, on les a interrogés, mais aucun autre fantôme ne s'est mêlé à notre vie quotidienne. Pourquoi l'as-tu fait toi, Fantôme?

— Il est orfèvre dans l'âme. Il arrondit toujours les angles, dit Oop.

— C'est là que tu te trompes, dit Maxwell. Il y a bien peu de choses que nous puissions pour Fantôme.

— Vous me donnez, dit Fantôme, un sentiment de réalité.

— Quelle qu'en soit la raison, je suis heureux que vous soyez venu vivre avec nous.

— Tous les trois êtes amis depuis très très longtemps, dit Carol.

— Et cela vous surprend? demanda Oop.

— Peut-être, dit-elle. Je ne sais pas exactement ce que je veux dire.

Un bruit de bagarre s'éleva du côté de l'entrée. Carol et Maxwell se retournèrent mais on ne pouvait voir grand-chose.

Un homme sauta sur une table et se mit à chanter :

Hourrah pour le vieux Bill Shakespeare,
Qui ne leur a jamais rien écrit;
Il restait chez lui et en courant les filles,
Il chantait des chansons grivoises...

Des sifflets et des injures s'élevèrent dans toute la salle et quelqu'un lança un objet qui rata le chanteur. Une partie de la foule reprit le refrain :

Hourrah pour le vieux Bill Shakespeare,
Qui ne leur a jamais rien écrit...

Une voix de stentor gronda :

— Allez au diable avec votre vieux Bill Shakespeare !

La salle explosa. Les chaises volaient, les gens grimpaient sur les tables. Tout le monde criait, se bousculait. Les coups de poing commençaient à pleuvoir. Des objets hétéroclites traversaient la salle.

Maxwell se leva d'un bond. Il attrapa Carol et la tira pour la mettre à l'abri derrière lui. Oop enjamba la table au pas de charge, en poussant un sauvage cri de guerre. Il buta au passage sur le seau à glace qu'il envoya voler avec son contenu.

— Je vais les démolir, cria-t-il à l'intention de Maxwell. Toi, tu les empileras.

Maxwell aperçut un poing qui le visait, il l'esquiva, tout en frappant à son tour, mais, dans le vide. Au-dessus de lui, il vit l'énorme poing de Oop puis il entendit un bruit mat et un corps roula au sol.

Maxwell sentit un choc derrière l'oreille et il s'écroula. Des pieds surgirent tout autour de lui. On lui marcha sur la main. Quelqu'un d'autre lui tomba dessus. Dans le lointain, lui sembla-t-il, il entendait les beuglements d'Oop.

En se contorsionnant, il réussit à se débarrasser du corps qui l'écrasait et il se releva.

Une main l'attrapa par le bras et lui fit faire demi-tour.

— Filons, dit Oop, sinon quelqu'un va prendre un mauvais coup.

Carol était penchée sur la table, essayant de retenir Sylvester par la peau du cou. Le chat était dressé sur les pattes postérieures et il ramait dans le vide avec les antérieures. Il poussait des grognements étranglés et ses grands crocs luisants étaient bien visibles.

— Si nous ne l'emmenons pas, dit Oop, il l'aura, son steak.

Il se pencha et attrapa le chat qu'il souleva par le milieu du corps, et il le serra fort contre lui.

— Fais attention à la fille, dit Oop à Maxwell. Il y a une sortie de secours quelque part par-là. Et puis, ne laisse pas traîner cette bouteille. Nous en aurons besoin.

Maxwell s'empara de la bouteille.

Pas de Fantôme à l'horizon.

VI

— Je suis peureux, reconnut Fantôme. A la moindre violence, je n'existe plus.

— Toi ! Le seul type que personne ne puisse démolir !

Ils étaient installés autour de la table grossière que Oop avait, dans un moment de zèle domestique, fabriquée à l'aide de deux morceaux de bois.

Carol repoussa son assiette :

— Je mourais de faim, mais ça m'a bien passé.

— Vous n'êtes pas la seule, dit Oop. Regardez votre minet.

Sylvester était lové devant la cheminée, la queue bien serrée près du corps, le museau caché sous ses pattes. A chaque respiration, on voyait remuer ses moustaches.

— C'est la première fois que je vois un chat sauvage manger à sa faim, dit Oop.

Il tendit la main vers la bouteille et la secoua. Elle était vide. Il se leva, traversa la pièce et s'agenouilla pour ouvrir une petite trappe dans le plancher. Il y plongea la main et en ressortit une jarre de verre, puis une seconde. Il les posa à côté de lui. Finalement, il exhiba triomphalement une bouteille.

Il remit les jarres à leur place et referma la trappe.

Il se rassit à table, fit sauter le bouchon de la bouteille et servit ses amis :

— Il ne faut pas y ajouter de glace, elle dilue la gnôle. En plus, je n'en ai pas.

Il montra la trappe du doigt :

— J'y garde toujours une bouteille ou deux. Un jour, je me casserai peut-être une jambe et le docteur m'interdira de boire.

— Personne ne t'empêchera de boire pour une jambe cassée, dit Fantôme.

— Alors, ce sera autre chose, répondit Oop.

Ils buvaient et ils se sentaient bien. Fantôme regardait fixement le feu dans la cheminée. Au-dehors on entendait le vent qui gémissait contre la cabane.

— Je n'ai jamais aussi bien mangé, dit Carol. C'est la première fois que je fais moi-même mon steak au feu de bois.

Oop rota voluptueusement :

— C'est ainsi que nous faisions autrefois. Ou alors, nous mangions de la viande crue, comme le chat sauvage. Nous n'avions ni four ni réchaud ni aucun de ces trucs modernes.

— J'ai l'impression, dit Maxwell, que c'est une question à ne pas te poser mais où as-tu trouvé toute cette viande? Tous les bouchers devaient être fermés.

— Tu as raison, admit Oop. Mais il y en avait un dont la porte de derrière n'était fermée que par un tout petit verrou.

— Un de ces jours, dit Fantôme, tu auras des ennuis.

Oop secoua la tête :

— Je ne crois pas. En tout cas, pas cette fois-ci. C'était un cas de force majeure. Quand un homme a faim, il a le droit de prendre sa nourriture où il le peut. Telle était la loi des temps préhistoriques. Cela pourrait faire un cas au tribunal. Et puis, demain j'y retournerai et je m'expliquerai. Au fait, demanda-t-il à Maxwell, as-tu de l'argent?

— Un tas! dit Maxwell. J'avais emporté de l'argent pour mon voyage et je n'ai rien dépensé.

— Vous étiez considéré comme invité sur la planète en question? demanda Carol.

— Je crois que oui. Je n'ai jamais très bien compris quelles étaient nos relations.

— Les gens y étaient agréables ? demanda-t-elle.

— Ils étaient agréables mais je ne sais pas si on peut parler d'eux en tant que « gens ».

Il se tourna vers Oop :

— Combien te faut-il?

— Une centaine devrait suffire. Il y a la porte et la viande, sans compter la susceptibilité du boucher.

Maxwell sortit une liasse de billets de sa poche, il en donna quelques-uns à Oop.

— Merci, dit Oop. Je te le rendrai un de ces jours.

— Mais non. Vous êtes tous mes invités. Je voulais dîner avec Carol et les choses ont mal tourné.

Devant l'âtre, Sylvester s'étira, bâilla puis se rendormit, sur le dos cette fois, les quatre fers en l'air.

Fantôme demanda :

— Vous êtes ici en visite, mademoiselle Hampton?

— Non, dit Carol, surprise. Je travaille ici. Pourquoi cette idée?

— C'est le chat, dit Fantôme. Un bio-méca, j'ai tout naturellement pensé que vous travailliez pour Bio-Méca.

— Je comprends, dit Carol. A Vienne ou à New York.

— Il y a aussi un centre quelque part en Asie, ajouta Fantôme. A Ulan Bator, si mes souvenirs sont bons.

— Vous y avez déjà été?

— Non, répondit Fantôme. J'en ai seulement entendu parler.

— Mais il aurait bien pu y aller, dit Oop. Il peut aller où il veut, en un clin d'œil. C'est pour cela qu'aux Surnaturels on continue à s'occuper de lui. Ils espèrent connaître un jour tous ses dons. Mais ce bon vieux Fantôme est rusé, il ne leur dit rien.

— La vraie raison de son silence, dit Maxwell est qu'il est payé par les Transports. Leur intérêt est qu'il ne dise rien. S'il dévoilait son secret, ce serait leur ruine. Plus personne n'aurait besoin d'eux. Les gens s'envoleraient et ils iraient n'importe où, que ce soit à un kilomètres ou à un million d'années-lumière.

— Et il est plein de tact, dit Oop. Ce qu'il voulait dire tout à l'heure, c'est qu'à moins de travailler à Bio-Méca et de pouvoir se le fabriquer soi-même, un chat sauvage est très onéreux.

— Je comprends, dit Carol. Et il y a du vrai là-dedans. Il a raison, les chats sauvages sont très chers. Et je ne suis pas assez riche. Mon père, avant de prendre sa retraite travaillait à Bio-Méca, à New York. Sylvester servait d'expérience pour les articulations dans son séminaire. Ses disciples en ont fait cadeau à mon père.

— Je ne crois toujours pas, dit Oop, que ce chat soit un bio-méca. Quand il me regarde, il a une lueur de méchanceté dans les yeux.

— En fait, expliqua Carol, aujourd'hui, c'est

pareil pour tous. Ils ont en eux davantage de biologie que de mécanique. Leur nom leur a été donné à une époque où ils n'étaient rien d'autre qu'un cerveau électronique et un système nerveux très perfectionnés placés dans un protoplasme spécial. Aujourd'hui, ils n'ont de mécanique que ce qui risquerait de s'abîmer si c'était en tissu, comme le cœur, les reins, les poumons et tous les autres trucs du même genre. Aujourd'hui à Bio-Méca, on crée des formes de vie spécifiques. Mais, bien entendu, vous êtes tous au courant.

— Il court de drôles d'histoires, dit Maxwell. On parle d'un groupe de surhommes qui seraient gardés sous clé. En avez-vous entendu parler?

— Oui, dit-elle. Il y a toujours des légendes.

— Vous ne connaissez pas la meilleure, dit Oop. On m'a raconté qu'aux Surnaturels, ils étaient entrés en contact avec le Diable. Qu'en penses-tu, Pete?

— Je ne sais trop. Je suppose qu'ils ont dû essayer.

— Vous voulez dire, demanda Carol, que le Diable pourrait vraiment exister?

— Il y a deux siècles on posait la même question à propos des Trolls et des Lutins, dit Maxwell.

— Et des fantômes, ajouta Fantôme.

— Vous voulez rire, dit Carol.

— Pas du tout, dit Maxwell. Simplement, je ne veux pas exclure le Diable des choses possibles.

— Quelle merveilleuse époque, s'exclama Oop. Cela n'est pas la première fois que je le dis. Les superstitions et les histoires de vieilles femmes n'existent plus. Vous y cherchez ce qu'il y a de vrai. Mais à mon époque, on savait que les Trolls, les Lutins, et tous les autres existaient. Toutes les histoires, voyez-vous, étaient basées sur des faits authentiques. Ça n'est que plus tard que l'homme, après s'être débarrassé de sa candeur naturelle, s'est mis à nier les faits. Il ne pouvait se laisser aller à croire ces choses dont il savait pourtant la réalité. C'est pourquoi il les a fait disparaître et les a rangées soigneusement dans les légendes et les mythes. Et plus la population humaine s'est accrue, plus ces créatures se sont enfoncées dans le secret. Et elles ont bien fait, car elles n'étaient pas les charmantes créatures auxquelles vous les identifiez aujourd'hui.

Fantôme demanda :

— Et le Diable?

— Je n'en sais rien, dit Oop. Il y avait toutes les créatures que vous avez dénichées et que vous avez mises dans des réserves, mais il y en avait bien d'autres. Certaines étaient terrifiantes, toutes étaient nuisibles.

— On dirait que vous ne les aimiez pas beaucoup, fit remarquer Carol.

— Non, Mademoiselle, répondit Oop.

— Ce serait un très bon terrain pour les recherches du Temps, dit Fantôme. Apparemment, il y avait plusieurs types de ce que nous nommons « primitifs ».

— Oui, je crois qu'on pourrait leur donner ce nom, dit Maxwell.

— Ou alors, dans un autre style, on pourrait aussi les appeler « sales petits individus ».

— Je suis sûre, dit Carol, que le Temps s'en occupera un jour ou l'autre. Ils sont au courant?

— Sans doute, dit Oop. Je leur en ai souvent parlé. Avec des descriptions à l'appui.

— Le Temps a beaucoup trop à faire, leur rappela Maxwell, il y a trop de sujets d'intérêt. Et puis, il y a tout le passé à étudier.

— Et il n'y a pas assez d'argent, dit Carol.

— Vous entendez là un digne membre du Temps.

— Mais c'est vrai, protesta Carol. Le Temps peut apprendre tellement de choses à toutes les autres disciplines. On ne peut s'appuyer sur l'histoire écrite. C'est souvent différent de la réalité. L'écriture embellit toujours tout : un rien plein d'emphase, une préférence ou tout simplement une interprétation pauvre. Mais est-ce que les autres collèges et facultés donnent au Temps le moindre argent pour l'aider dans ses recherches? Moi, je vous le dis, c'est non. Bien sûr, quelques-uns le font : le Collège de Droit a collaboré d'une façon exemplaire, mais il est à peu près le seul. Ils ont tous peur. Ils ne veulent pas voir leur petit monde bien confortable bouleversé. Par exemple, prenez cette histoire de Shakespeare. On pourrait croire que les Lettres Anglaises seraient reconnaissantes de ce qu'on ait découvert que c'était Oxford qui écrivait les pièces. Après tout, c'est une question qu'on s'était posée pendant tant d'années! Eh bien finalement, elles en ont voulu au Temps!

— Et maintenant, voilà que le Temps transplante Shakespeare pour lui faire faire une conférence. Vous ne trouvez pas que c'est un peu exagéré?

— Là n'est pas le problème, dit Carol. Le Temps est obligé de faire un peu de battage autour de cette affaire pour se faire de l'argent. C'est toujours comme cela. N'importe quoi pour trouver de l'argent. Finalement, il se fait une mauvaise réputation. Vous ne croyez pas que cela fasse plaisir à Sharp?

— Je connais Harlow Sharp, dit Maxwell. Et croyez-moi, cela lui fait très plaisir.

— Tu blasphèmes, s'exclama Oop, simulant l'horreur. Tu ne sais pas que tu mériterais d'être crucifié pour déblatérer ainsi?

— Vous vous moquez de moi, dit Carol. Vous

vous moquez de tout et de tous. Vous aussi, Peter Maxwell.

— Je vous demande de les excuser, dit Fantôme. Il faut avoir vécu avec eux pendant dix ou quinze ans pour comprendre qu'ils ne parlent pas méchamment.

— Mais, dit Carol, le jour viendra où le Temps aura tout l'argent nécessaire pour faire exactement tout ce qu'il voudra. Tous les projets qui lui sont chers. Et il pourra rompre avec les autres collèges. Quand l'affaire se fera...

Elle s'interrompit brusquement. Elle resta immobile, comme paralysée. On sentait qu'elle aurait aimé mettre la main devant la bouche et qu'elle prenait sur elle pour ne pas le faire.

— De quelle affaire parlez-vous? demanda Maxwell.

— Je crois savoir, dit Oop. J'en ai vaguement entendu parler et je n'y ai pas prêté attention. Ce sont toujours les petits bruits qui se révèlent être vrais. Les grands...

— Pas besoin de discours, coupa Fantôme. Dis-nous ce que tu as entendu.

— C'est incroyable, dit Oop. Vous ne le croirez jamais. Jamais de la vie...

— Taisez-vous, s'écria Carol.

Ils la fixèrent tous, dans l'expectative.

— J'ai fait une gaffe, dit-elle. Oubliez-le tous. Je ne suis même pas certaine que cela soit vrai.

— Bien sûr, dit Maxwell. Vous avez été un peu secouée ce soir.

Elle hocha la tête négativement :

— Non. Cela n'est pas correct de ma part. Je dois vous le dire et faire appel à votre discrétion. Et je suis presque sûre que c'est vrai. On a fait au Temps une proposition pour l'Artifact.

Le silence s'établit dans la pièce. Maxwell, Fantôme et Oop demeuraient immobiles, ils respiraient à peine. Son regard se porta de l'un à l'autre, interrogateur.

Finalement, Fantôme fit un léger mouvement et on entendit un bruissement comme si son drap blanc était un vrai drap qui bougeait en même temps que lui.

— Vous ne pouvez comprendre, dit-il, l'attachement que nous éprouvons pour l'Artifact.

— Vous nous avez profondément émus, dit Oop.

— L'Artifact, murmura Maxwell. Le grand Mystère. La seule chose qui soit une énigme pour tous.

— Une drôle de pierre, dit Oop.

— Pas vraiment une pierre, dit Fantôme.

— Alors, dit Carol, vous me direz peut-être ce que c'est.

Maxwell se dit que c'était justement ce que ni Fantôme ni personne d'autre ne pouvaient faire. Les chercheurs du Temps l'avaient découvert une dizaine d'années auparavant sur une colline de l'ère jurassique. Ils l'avaient rapporté dans le présent au prix de grandes dépenses et de beaucoup d'imagination. Le poids de l'Artifact était très important. Il avait fallu pour le propulser dans le temps une puissance énergétique bien supérieure à tout ce qui avait été employé jusqu'alors. On avait dû projeter dans le passé un générateur nucléaire, qui avait été transporté en pièces détachées et assemblé sur place. Il y avait aussi eu le problème du retour, car on ne pouvait rien laisser dans le passé, même aussi lointain que l'ère jurassique. C'était une question d'éthique.

— Je suis incapable de vous le dire, dit Fantôme. Ni d'ailleurs personne d'autre.

Fantôme avait raison. Personne n'était capable d'y comprendre quoi que ce soit. L'Artifact était un énorme bloc d'un matériau qui — on en était maintenant sûr — n'était ni roche ni métal; ces deux hypothèses avaient été envisagées consécutivement. Toutes les recherches avaient échoué. C'était un bloc noir, long de deux mètres, épais et large de un mètre vingt. Il n'absorbait et n'émettait aucune sorte d'énergie. Toute lumière ou radiation était réfléchie. Impossible de l'entamer ou de l'ébrécher. Il arrêtait un rayon laser comme si le rayon n'existait pas. Pas moyen de le sonder, d'en tirer le moindre renseignement. Il était dressé sur un piédestal dans l'avant-cour du musée du Temps. C'était la seule chose au monde à propos de laquelle on ne pouvait émettre aucune hypothèse.

— Alors, demanda Carol, pour quelle raison êtes-vous abattus?

— Parce que, dit Oop, Pete avait dans l'idée que l'Artifact avait peut-être été à une certaine époque un Dieu pour les Petits Hommes. A supposer que ces sales petits individus soient capables d'honorer un Dieu.

— Je suis désolée, dit Carol. Vraiment navrée. Je ne savais pas. Peut-être que si le Temps savait...

— Nous n'avons pas assez de données pour en parler, dit Maxwell. Rien d'autre qu'une supposition, un sentiment qui m'est venu en entendant des bribes de phrases échangées par les Petits Hommes. Eux-mêmes ne savent rien. Cela remonte si loin.

Si loin, pensa-t-il.

Presque cent millions d'années.

VII

— Ce Oop, dit Carol, je n'arrive pas à le comprendre. Cette drôle de maison qu'il habite, au bout du monde !

— Il serait vexé s'il vous entendait, dit Maxwell. C'est une cabane, pas une maison et il en est fier. Le passage d'une caverne à une maison aurait été un trop grand bond. Il ne se serait pas senti à l'aise.

— Une caverne ? Il a vraiment vécu dans une caverne ?

— Je dois vous confier quelque chose. Notre vieil ami Oop est un affreux menteur. Il ne faut pas croire tout ce qu'il dit. Par exemple, son histoire de cannibales.

— Je me sens mieux. Pensez, des gens qui s'entre-dévorent !

— Oh ! Bien sûr que le cannibalisme existait. Mais que Oop l'ait pratiqué est une autre affaire. Pour ce qui est des renseignements d'ordre général, on peut lui faire confiance. C'est seulement quand il se lance dans ses expériences personnelles qu'il faut se méfier.

— C'est drôle, dit Carol. Je l'avais vu plusieurs fois et je me posais des questions à son sujet mais je ne pensais pas le rencontrer un jour. D'ailleurs, je n'en avais pas tellement envie. Il y a certaines personnes sur lesquelles je fais une croix. Il en était. Je l'imaginais grossier.

— Mais il l'est ! répondit Maxwell.

— Oui. Mais à côté de cela, il est charmant.

Les étoiles d'automne brillaient d'un éclat froid dans le ciel obscur. La chaussée roulante, à peu près vide, courait au pied de la falaise. Dans le lointain, scintillaient les lumières du campus. Le vent qui balayait la falaise portait avec lui un léger parfum de feuilles brûlées.

— Le feu était merveilleux, dit Carol. Pourquoi donc, Peter, n'avons-nous jamais de feu? Cela ne serait pas si compliqué de construire des cheminées.

— Il était une époque, il y a plusieurs centaines d'années, où chaque maison possédait au moins une cheminée, parfois plusieurs. Bien entendu cela n'était qu'un souvenir du passé, du temps où le feu était à la fois une protection contre les dangers et une source de chaleur. Mais finalement, nous avons dépassé tout cela.

— Je ne crois pas, dit-elle. Je crois que nous nous en sommes détachés. Nous avons renié toute une partie de notre passé. Nous avons encore besoin de feu, peut-être est-ce psychologique. C'est ce que j'ai découvert ce soir. C'était tellement agréable et on se sentait si bien ! Peut-être est-ce aussi un peu primitif, mais nous devons encore avoir en nous un côté primitif.

— Oop ne pourrait vivre sans feu. Lorsque le Temps l'a transplanté à notre époque, c'était l'absence de feu qui l'inquiétait le plus. Bien entendu, tout au début, il était sinon enfermé, tout au moins surveillé de très près. Mais, dès qu'il devint son propre maître, il se procura un petit terrain au bout du campus et il y construisit sa cabane, rustique, comme il la voulait. Et, bien sûr avec un jardin et une cheminée. Il faudrait que vous voyiez ce jardin ! Il n'avait jamais vu qu'on puisse faire pousser de la nourriture. A son époque, personne n'y avait pensé.

Tout était nouveau pour lui, un clou, un marteau, une scie, même une planche. Tout ce qui sert à construire une maison ! Mais sa faculté d'adaptation était énorme. Il adopta ces nouveaux outils et toutes les nouvelles idées sans sourciller, rien ne l'étonnait. Mais je crois que c'est le jardin qui l'émerveillait, pouvoir cultiver sa propre nourriture au lieu d'être toujours à la chercher. Je suppose que vous avez remarqué, maintenant encore, il est impressionné par l'abondance de la nourriture et la facilité avec lequel on se la procure.

— C'est la même chose pour l'alcool, dit Carol.

Maxwell se mit à rire :

— C'est une autre idée à laquelle il s'est habitué. C'est devenu pour lui un dada. Il a un alambic derrière le hangar à bois et il y fabrique une gnôle épouvantable, la pire que vous ayez jamais bue.

— Mais, il n'en donne pas à ses invités, remarqua Carol. C'est du whisky que nous avons bu ce soir.

— Il faut être de ses amis avant qu'il ne vous en offre. Dans ces jarres qu'il a sorties...

— Je me demandais ce qu'elles contenaient. Elles paraissaient vides.

— Elles contenaient de l'alcool pur. Un vrai tord-boyaux.

— Vous avez dit qu'il avait été captif. Quels sont maintenant les liens qui l'unissent au Temps?

— Il est leur protégé. Il n'est pas du tout tenu

mais il est un des partisans les plus fidèles du Temps. Plus fidèle que vous.

— Et Fantôme? Il vit aux Surnaturels? Il est sous leur tutelle?

— A peine. C'est un vagabond. Il va où il veut. Il a des amis partout sur la planète. Si j'ai bien compris, c'est un des grands pontes du Collège des Religions Comparées du campus de l'Himalaya. Mais il s'arrange pour revenir ici assez régulièrement. Lui et Oop sont très amis depuis que les Surnaturels ont réussi à entrer en contact avec Fantôme.

— Pete, vous l'appellez Fantôme. Qu'est-il en fait?

— Mais, voyons, un fantôme.

— Qu'est-ce qu'un fantôme?

— Je ne sais pas et je crois que personne ne le sait.

— Mais vous travaillez aux Surnaturels.

— Oui, mais tout mon travail s'est porté sur les Petits Hommes. Surtout les Lutins, même si tous m'intéressent. Même les Banshees alors qu'il n'y a pas plus mauvais ni plus insensé.

— Mais que disent les spécialistes des fantômes?

— Ils doivent avoir une opinion. Il existe des tonnes de livres sur les fantômes, mais je n'ai jamais eu le temps de m'y plonger. Je sais qu'il y a longtemps, on croyait qu'à sa mort, n'importe qui se transformait en fantôme. Cette idée a été complètement abandonnée. Il y a certaines circonstances spéciales qui amènent la transformation d'un homme en fantôme mais je ne les connais pas.

— Et ce visage ! Peut-être un peu spectral, mais tellement captivant ! J'avais du mal à ne pas le dévisager. Sa figure n'est qu'un creux un peu sombre dans son drap. D'ailleurs, je ne pense pas que ce soit vraiment un drap. Et de temps en temps, on aperçoit comme un ébauche d'yeux, deux petites lumières qui ressemblent à des yeux. A moins que ce ne soit mon imagination?

— Non, moi aussi j'ai pensé la même chose.

— Pourriez-vous, demanda Carol, m'attraper cet imbécile de chat et le tirer vers vous? Il est en train de glisser vers la ceinture la plus rapide. Il n'a aucun bon sens. Il dort n'importe quand, n'importe où. Il ne pense qu'à manger et dormir.

Maxwell remit Sylvester dans la bonne position. Celui-ci grogna dans son sommeil.

Maxwell se redressa et se pencha en arrière contre le dossier pour contempler le ciel.

— Regardez les étoiles, dit-il. Rien ne vaut le ciel de la Terre. Je suis content d'être rentré.

— Et maintenant que vous êtes de retour?

— Je vous raccompagne, je reprends mon bagage et je retourne chez Oop. Il aura ouvert une de ses jarres et nous bavarderons tout en buvant jusqu'à l'aube. Je dormirai dans le lit destiné à ses invités et lui se mettra sur son tas de feuilles.

— Je me demandais ce que c'était. Je les ai vues dans un coin, mais je n'ai pas posé de questions.

— Il y dort tout le temps. Il n'est pas à son aise dans un lit. Après tout, pendant longtemps un tas de feuilles était le comble du luxe...

— Vous vous moquez encore de moi, protesta Carol.

— Mais pas du tout. Je vous dis la vérité.

— Je ne vous demandais pas ce que vous alliez faire ce soir. Je voulais savoir ce que vous alliez faire. Vous n'avez pas oublié que vous étiez mort?

— Je m'expliquerai. Je ne ferai que cela. Partout où j'irai, on voudra savoir ce qui s'est passé. On ouvrira même peut-être une enquête. J'espère que non.

— Je suis désolée, mais en même temps je suis heureuse. Quelle chance qu'il y ait eu deux vous.

— Si les Transports découvrent la vérité, ils auront peut-être quelque chose à vendre. Chacun d'entre nous pourrait avoir un double qu'il garderait pour s'il en avait besoin.

— Mais cela ne marcherait pas. Pas pour soi-même. L'autre Peter Maxwell était une autre personne et — Oh, je ne sais plus. Il est trop tard pour y penser mais je suis certaine que cela ne marcherait pas.

— Vous avez raison. L'idée était mauvaise.

— J'ai passé une très agréable soirée et je vous en remercie. Je me suis beaucoup amusée.

— Et, ajouta Maxwell, Sylvester a bien dîné.

— Oui. Il ne vous oubliera pas. Il adore les gens qui lui donnent des steaks. C'est un glouton.

— Il y a une chose que vous ne m'avez pas dite. Qui a fait cette proposition pour l'Artifact?

— Je ne sais pas. Je sais simplement qu'une proposition a été faite. Assez bonne, je suppose, pour que le Temps la prenne en considération. J'ai simplement saisi une bribe de conversation et je n'aurais pas dû. Cela a-t-il de l'importance?

— Cela se pourrait, dit Maxwell.

— Il y a un nom qui me revient maintenant. Pas celui de l'acheteur, du moins je ne le crois pas. Celui de quelqu'un impliqué dans l'affaire. Je l'avais complètement oublié. Churchill, cela vous dit-il quelque chose?

VIII

Lorsque Maxwell revint avec son sac, Oop était assis devant la cheminée en train de se couper les ongles des orteils avec un grand couteau.

— Balance-le là, lui dit Oop en lui indiquant le lit avec la pointe de son couteau. Et viens t'asseoir. Je viens de remettre des bûches. J'ai une jarre à moitié pleine et il m'en reste encore deux dans la trappe.

— Où est Fantôme? demanda Maxwell.

— Oh, il a disparu. Je ne sais pas où il est parti. Il ne le dit jamais. Mais il va revenir. Il n'est jamais parti très longtemps.

Maxwell posa son sac sur le lit et s'assit devant le feu, adossé aux pierres brutes.

— Ton numéro a été plutôt meilleur que d'habitude, dit-il. Qu'est-ce qui t'a pris?

— Ce sont ses grands yeux, dit Oop en souriant, ils n'attendaient qu'une chose, qu'on veuille bien les choquer. Je suis désolé, Pete, je ne pouvais pas m'en empêcher.

— Tous ces discours sur les cannibales et sur le vomi, c'était vraiment moche.

— Je me suis laissé entraîner. J'ai fait ce qu'on attend d'un homme de Néanderthal.

— La fille n'est pas idiote, dit Maxwell. Elle a placé son histoire d'Artifact d'une façon magistrale.

— Placé?

— Bien sûr. Tu ne l'as pas crue quand elle a dit que cela lui avait échappé?

— Je n'y avais pas pensé. Mais pourquoi l'aurait-elle fait?

— Je suppose qu'elle ne veut pas que la vente se fasse. Elle a pensé qu'en en parlant à un grand bavard de ton genre, tout le campus serait au courant avant demain midi. Elle a supposé que les bavardages empêcheraient l'affaire de se réaliser.

— Mais, Pete, tu sais bien que je ne suis pas bavard !

— Je le sais. Mais ce soir, tu as agi comme si tu l'étais.

Oop referma son couteau et le glissa dans sa poche. Il tendit la jarre à moitié vide à Maxwell. Celui-ci la porta à la bouche et il but. Le liquide brûlant descendit comme un trait de feu le long de sa gorge et il s'étouffa. Il aurait aimé pouvoir en boire une fois seulement sans s'étouffer. Il reposa la jarre et légèrement tremblant, il essaya de reprendre son souffle.

— C'est fort, dit Oop. C'est ma meilleure production depuis un moment. Tu as vu cette pureté?

Maxwell, incapable de parler, hocha la tête.

Oop allongea le bras vers la jarre. Il la souleva et il en but au moins deux doigts. Il la baissa et la serra avec amour contre sa poitrine velue. Il relâcha sa respiration d'un coup et son souffle fit danser les flammes dans la cheminée. Il tapota la jarre de la main :

— Qualité supérieure, dit-il.

Il s'essuya la bouche du dos de la main et resta à contempler le feu.

— Évidemment, toi, elle ne risquait pas de te prendre pour un bavard. J'ai remarqué que tu as fait des prouesses ce soir. Toutes autour de la vérité.

— Peut-être parce que je ne la connais pas tout à fait moi-même. Es-tu prêt à m'écouter?

— Quand tu veux, dit Oop. Tu n'es pas obligé de me raconter. Si c'est au nom de notre amitié, tu sais que même si tu ne me dis rien, nous serons toujours amis. Nous n'avons même pas besoin d'en parler. Nous pouvons parler de bien d'autres choses.

Maxwell secoua la tête :

— Il faut que je te raconte, Oop. Je dois me confier à quelqu'un et tu es le seul à qui je puisse le faire. C'est trop lourd pour moi tout seul.

Oop lui tendit la jarre :

— Prends-en encore une lampée et vas-y. Ce que je ne puis croire, c'est que ce soit une erreur des Transports. Il y a autre chose.

— Tu as raison. Il y a quelque part là-haut une planète. Assez proche, je crois. Elle est autonome, elle n'est attachée à aucun soleil mais je suis sûr que si elle le voulait, elle pourrait s'insérer dans n'importe quel système solaire.

— Ce serait quelque chose ! s'exclama Oop. Cela chamboulerait les orbites de toutes les autres planètes.

— Pas forcément. Son orbite pourrait être à un autre niveau que les autres. Ceci supprimerait toutes les conséquences de son insertion.

Il souleva la jarre, ferma les yeux et but une grande gorgée. Le haut de son crâne éclata et son estomac se révulsa. Il la baissa et s'appuya contre la pierre rugueuse. Le vent soufflait dans la cheminée, son mélancolique que les murs de planches maintenaient au-dehors.

Une bûche tomba dans le foyer et une gerbe

d'étincelles vola. Les flammes dansaient haut et des ombres mouvantes se poursuivaient autour de la pièce.

Oop prit la jarre des mains de Maxwell mais il attendit pour boire. Il la garda, blottie sur ses genoux.

— Alors, demanda-t-il, cette planète a capté ta fréquence et l'a copiée? Et il y a eu deux toi?

— Comment le sais-tu?

— Simple déduction. C'est le système le plus logique. Je sais qu'il y a eu deux Peter Maxwell. J'ai parlé à l'autre, celui qui est revenu avant toi. Il était toi, autant que tu l'es. Il était revenu en avance parce qu'il n'y avait pas de dragon, que toute cette histoire de Coonskin avait été un attrape-nigaud.

— C'est cela. Je me demandais pourquoi il était revenu si tôt.

— Je ne sais pas si je dois me réjouir ou me lamenter. Peut-être moitié-moitié, et m'émerveiller aussi un peu des méandres de la nature humaine. L'autre type, c'était toi. Maintenant il est mort et j'ai perdu un ami, car c'était un homme, avec une personnalité et tout cela a été emporté dans la mort. Mais maintenant tu es là et j'ai retrouvé mon ami, car tu es autant Peter Maxwell qu'il l'était.

— On m'a parlé d'un accident.

— Je ne sais pas, dit Oop. J'y ai beaucoup pensé. Depuis que tu es revenu, je ne sais plus. Il descendait de la chaussée roulante, il a trébuché, il est tombé et a heurté de la tête...

— On ne trébuche pas en descendant de la chaussée. A moins d'être ivre, infirme ou anormal. La ceinture extérieure avance à peine à la vitesse d'un escargot.

— Je sais, dit Oop. La police a pensé la même chose mais il n'y avait pas d'autre explication possible et tu sais que la police a besoin d'une explication pour fermer un dossier. L'endroit était isolé, à mi-chemin entre ici et la réserve des Lutins. Personne n'a rien vu. Cela a dû se produire à une heure où il n'y avait à peu près aucun voyageur. On a découvert le corps vers dix heures du matin, il y avait des voyageurs depuis six heures mais ils étaient sûrement sur les ceintures rapides. Ils ne pouvaient pas voir grand-chose. Le corps aurait pu rester longtemps sans être découvert.

— Tu crois que ce n'était pas un accident? Crois-tu que cela pourrait être un meurtre?

— Je ne sais pas. J'y ai songé. Il y a quelque chose de bizarre, qui n'a pu être expliqué; il flottait autour du cadavre et dans le voisinage une drôle d'odeur, qui ne ressemblait à rien de connu. Peut-être que quelqu'un avait découvert qu'il y avait deux toi et que pour une raison ou une autre cela ne lui convenait pas.

— Mais qui pouvait le savoir?

— Les habitants de l'autre planète, s'il y en avait.

— Il y en avait, dit Maxwell. C'était un endroit vraiment bizarre...

Tout lui revint à l'esprit, presque comme s'il y était.

Une grande étendue de cristal. Du moins, c'est ainsi qu'il l'avait vue de prime abord. Une immense plaine de cristal qui s'étendait à perte de vue, et puis un ciel de cristal, soutenu semblait-il par des piliers de cristal eux aussi. Une étendue vide qui faisait penser à une salle de bal désertée, polie et astiquée pour le bal, attendant toujours danseurs et musiciens qui ne viendraient jamais. Une salle vide pour l'éternité, luisante, propre et gracieuse.

Une salle de bal, sans murs, sans horizon, limitée

par la réunion du ciel de verre laiteux et du sol de cristal.

Il était resté abasourdi devant cette immensité. Pourtant le ciel n'était pas illimité, loin de là, et les distances n'étaient pas grandes. C'était une immensité mesurée à la façon d'une pièce dans la maison d'un géant, d'où on chercherait à sortir, sans pouvoir trouver la porte. C'était un endroit sans rien de caractéristique; chaque pilier identique au voisin, chaque kilomètre, chaque centimètre semblable au précédent, sans aucun nuage dans le ciel (s'il s'agissait de ciel). Le sol était recouvert d'un dallage de cristal, quelle que soit la direction dans laquelle il regardât.

Il aurait voulu crier, appeler, mais il avait peur, peut-être — et ceci, il ne le réalisa que plus tard — qu'un seul son anéantisse toute cette splendeur glaciale. Tout était silencieux, sans le moindre chuchotement, le moindre frémissement. Splendeur nacrée et muette, perdue dans sa solitude.

Lentement, avec précaution, de peur que son pas ne transformât tout en poussière, il se retourna et il saisit non pas un mouvement mais une impression de mouvement, comme si quelqu'un s'était échappé si vite que son regard n'avait pu l'attraper. Il s'arrêta, et il sentit ses cheveux se hérisser. Plutôt qu'un réel danger, il pressentait quelque chose d'étrange, tellement étranger à l'homme que rien qu'à le regarder, on pourrait perdre la raison.

Rien. De nouveau il bougea, il pivota précautionneusement, centimètre par centimètre et il s'aperçut qu'il avait jusque-là tourné le dos à un instrument, une sorte de machine.

Et tout à coup, il comprit. Il comprit que c'était cette machine qui l'avait attiré sur la planète, qu'elle était, dans ce monde étrange l'équivalent d'un émetteur-récepteur.

Mais il n'était pas dans le système Coonskin. Il était sur une planète dont il n'avait jamais entendu parler. Nulle part dans l'univers exploré, n'existait un endroit comme celui-ci. Quelque chose s'était produit qui l'avait précipité, non vers la planète Coonskin mais en un recoin de l'Univers où l'homme ne pénétrerait peut-être pas avant un million d'années, si éloigné de la Terre qu'il était impossible d'imaginer la distance.

De nouveau, il saisit des mouvements furtifs. On aurait dit des ombres vivantes qui se déplaçaient. Pendant qu'il regardait avec attention, ces mouvements prirent forme et il put voir des formes mobiles, bien individualisées et qui, malgré leur fragilité semblaient posséder chacune une personnalité. Comme si elles avaient eu un jour une existence propre, un peu, pensa-t-il avec horreur, comme des fantômes extra-terrestres.

— Ces ombres, je les ai acceptées, dit-il à Oop. Je les ai acceptées sans doute parce que j'y ai cru. Ou bien je les acceptais, ou bien je les rejetais et je me retrouvais seul sur cette étendue de cristal. Il y a cent ans, on les aurait rejetées, on aurait cru à une invention de l'esprit. Mais moi, j'avais passé trop de temps avec Fantôme pour que cela me fasse rire. J'avais travaillé trop longtemps aux Phénomènes Surnaturels pour être frappé par des circonstances et des créatures échappant aux données habituelles.

Et le plus étrange et en même temps réconfortant c'est qu'elles ont senti que je les acceptais.

Oop demanda :

— Tu veux dire que c'est une planète entièrement peuplée de fantômes?

Maxwell acquiesca :

— C'est une façon de voir les choses. Mais laisse-moi te poser une question. Qu'est-ce qu'un fantôme?

— Un spectre, un esprit.

— Mais qu'entends-tu pas spectre? Donne-moi la définition d'un esprit.

— Tu as raison, admit Oop avec regret. J'ai voulu plaisanter et je n'ai pas d'excuse. On ne sait pas ce qu'est un fantôme, même Fantôme ne le sait pas exactement. Il sait seulement qu'il existe. Il s'est souvent creusé la tête, il a parlé avec des copains fantômes. Et il n'a rien découvert. On retombe dans le surnaturel...

— Auquel on ne comprend rien.

— Il s'agit peut-être d'une sorte de mutation.

— C'est ce que pensait Collins, dit Maxwell, mais il était le seul. Je n'étais pas d'accord avec lui, mais c'était avant d'avoir été sur la planète de cristal, maintenant, je ne sais plus. Que se passe-t-il lorsqu'une race arrive à sa fin? Lorsqu'elle a vécu son enfance, son adolescence et qu'elle a atteint l'âge mûr? Que devient-elle? Bien sûr, on s'attend à ce qu'elle disparaisse mais, supposons que, pour une raison quelconque, elle ne puisse le faire? Supposons qu'une raison majeure la force à survivre?

— S'il s'agit vraiment d'une mutation, dit Oop, si on était sûr et si on savait la contrôler...

Il s'interrompit et regarda Maxwell :

— Tu crois que c'est cela?

— C'est possible, dit Maxwell. Je commence vraiment à le croire.

Oop saisit la jarre :

— Bois un peu, cela te fera du bien. Après, passe-la moi.

Maxwell prit la jarre et la garda entre les mains. Oop alla au tas de bois, où il prit une bûche qu'il jeta dans le feu. Une gerbe d'étincelles jaillit dans la cheminée. Dehors, le vent geignait contre le toit.

Maxwell souleva la jarre et il but. Il sentit une coulée de lave lui descendre dans la gorge. Il s'étrangla. Si seulement il pouvait boire de cet alcool une seule fois sans s'étrangler ! Il tendit la jarre à Oop qui la souleva et la reposa sans avoir bu. Il regarda Maxwell bien en face :

— Tu as parlé d'une raison majeure qui les empêcherait de mourir, les obligerait à rester en vie par tous les moyens...

— Oui, dit Maxwell. La science. Une planète pleine de science. Une masse considérable de science. Tout le savoir humain ne correspond pas même à un dixième de cette richesse. Tout le reste est entièrement nouveau, inconnu. Des connaissances dont nous n'avons jamais rêvé. Une science que nous mettrions au moins un million d'années à découvrir, si jamais nous y parvenions. Ce savoir est emmagasiné — électroniquement, je suppose — dans des atomes, de telle façon que chaque atome garde un peu de connaissances. Cela se présente sous forme de feuilles de métal, à la manière des pages d'un livre. Elles sont rangées en hautes piles et chaque couche d'atomes — oui, les atomes sont en couches — contient des renseignements indépendants. On lit la première couche, puis la seconde, toujours comme un livre. Ne me demande pas combien de couches d'atomes il y a dans chaque feuille de métal, je n'en ai pas la moindre idée. Sans doute des centaines de milliers.

Oop leva précipitamment la jarre. Il avala une énorme lampée et renversa une partie du liquide sur sa poitrine velue. Il relâcha sa respiration en un rot vigoureux.

— Ils ne peuvent abandonner toute cette science, continua Maxwell. Il leur faut la transmettre à quelqu'un capable de l'utiliser. Jusque-là, ils doivent rester en vie par tous les moyens. Et c'est là que j'entre en jeu. Je suis chargé de la leur vendre.

— Leur vendre ! Des fantômes qui tiennent à peine debout ! Quel serait leur prix?

Maxwell s'essuya le front du revers de la main. Il était subitement couvert de sueur.

— Je ne sais pas, dit-il.

— Tu ne sais pas? Comment peux-tu vendre quelque chose dont tu ne connais pas le prix?

— Ils m'ont demandé de trouver quelqu'un que cela intéresse et ils me feront alors connaître leur prix.

— Voilà une drôle de façon de traiter une affaire, dit Oop d'un air dégoûté.

— Oui, je sais.

— Tu n'as vraiment aucune idée?

— Pas la moindre. J'ai essayé de leur expliquer mais il n'y a pas eu moyen de leur faire comprendre. Ou bien, ils refusaient de comprendre. Depuis, je n'arrête pas de retourner le problème et il n'y a aucun moyen qui puisse me permettre de connaître le prix. Cela dépend entièrement de ce qu'une équipe comme celle-ci peut désirer. Je n'en ai vraiment aucune idée.

— Et bien, dit Oop, ils ont bien choisi leur point de vente. Comment comptes-tu mener l'affaire?

— Je vais aller voir Arnold.

— Tu ne t'en fais pas.

— Ecoute, je dois parler à Arnold et à personne d'autre. Il ne doit pas y avoir de fuites. Je ne peux pas suivre la filière normale. A première vue, cela a l'air idiot. Si le média des communications ou les rapporteurs de potins en avaient écho, l'Université n'oserait pas se lancer. Si l'affaire était ébruitée, que l'Université s'y intéresse et que l'affaire tombe à l'eau — et tu peux me croire, il y a beaucoup de chances pour que cela se produise — on entendrait un énorme éclat de rire d'ici jusqu'au Rebord. Ma tête et celle d'Arnold...

Oop le coupa :

— Pete, Arnold n'est qu'un prétentieux. Tu le sais aussi bien que moi. C'est un administrateur. Il s'occupe de la gestion de l'Université. Qu'il ait le titre de Président ou non, m'importe peu, il n'est jamais qu'un patron. Il ne s'intéresse pas à l'enseignement. Il ne lèverait pas le petit doigt sur trois planètes remplies de science.

— Il faut que le Président d'une Université soit un administrateur...

— Si cela avait pu se passer à n'importe quel autre moment, soupira Oop, tu avais peut-être une chance. Mais en ce moment, Arnold est dans ses petits souliers. Vouloir muter l'administration depuis New York à ce campus remuant...

— Un campus, ajouta Maxwell, dont les traditions libérales...

— La politique universitaire, déclara Oop, ne tient pas compte des traditions libérales, ni d'aucune autre sorte de tradition.

— Tu as sans doute raison, dit Maxwell, mais c'est Arnold que je dois voir. Je préférerais que ce soit quelqu'un d'autre. Je n'ai aucune admiration pour lui mais c'est avec lui que je dois traiter.

— Tu aurais pu refuser.

— Cette mission d'intermédiaire? Non, Oop, je ne le pouvais pas. Personne n'aurait pu refuser. Il leur aurait fallu trouver quelqu'un d'autre et peut-être que celui sur lequel ils seraient tombés aurait tout gâché. Moi-même, je ne sais pas ce que j'arriverai à faire, mais au moins je vais essayer. Et pas seulement pour nous mais aussi pour eux.

— Tu t'es pris d'amitié pour ces gens?

— Je ne sais pas dans quelle mesure. J'éprouve pour eux de l'admiration et aussi de la pitié. Ils font leur possible. Ils cherchent depuis si longtemps à qui transmetre leur science.

— La transmettre? Tu avais parlé de la vendre.

— C'est simplement parce qu'il y a quelque chose qu'ils désirent, dont ils ont besoin. J'aimerais savoir quoi, tout serait plus facile pour tout le monde.

— Une petite question. Tu leur as parlé; mais comment?

— Les tablettes, je t'en ai parlé. Ce sont ces feuilles de métal couvertes de renseignements. Ils me parlaient par leur intermédiaire et je leur répondais de la même façon.

— Mais, comment pouvais-tu les déchiffrer?

— Ils m'avaient donné une espèce d'appareil, comme de très grosses lunettes, quelque chose d'assez volumineux. Je suppose que c'était une mécanique savante. Il me suffisait de les mettre pour pouvoir lire les tablettes. Elles ne comportaient pas d'inscriptions, rien que des petits signes dans le métal. C'est difficile à expliquer mais en regardant les signes avec les lunettes, je les comprenais. J'ai découvert plus tard qu'elles étaient réglables pour pouvoir lire les différentes couches d'atomes. Mais, au début, ils ne faisaient que m'écrire des messages — je ne sais pas si le mot écrire convient très bien — comme des enfants qui s'amusent avec une ardoise. Je leur répondais en pensant dans une autre machine accrochée aux lunettes.

— Un transposeur?

— Je pense que c'est cela. Un transposeur à double sens.

— Nous avons essayé d'en fabriquer un. Par nous, j'entends non seulement la Terre mais ce que nous appelons Galaxie explorée, ce qui est plutôt comique.

— Je suis au courant, dit Maxwell.

— Et ces types-là, tes fantômes, ils en ont un !

— Et encore beaucoup plus. Je ne sais pas exactement ce qu'ils possèdent. Je n'ai fait que me documenter au hasard pour vérifier qu'ils possédaient bien ce qu'ils disaient.

— Une chose encore me préoccupe. Tu as parlé d'une planète. Mais son étoile?

— La planète était recouverte d'un dôme. Je pense qu'il y avait une étoile mais depuis la surface de la planète, elle était invisible. En fait, l'existence de cette étoile n'est pas obligatoire et c'est cela qui est important. Tu connais le concept de l'Univers oscillant.

— L'Univers yo-yo? Celui qui va et vient?

— Oui. Eh bien maintenant, c'est une chose certaine. La planète de cristal provient de l'Univers qui existait avant celui-ci. Vois-tu, les habitants de la planète avaient tout imaginé. Ils savaient que le temps viendrait où toute énergie aurait disparu de l'Univers et où la matière morte se retirerait lentement pour former un autre œuf cosmique dont l'explosion donnerait naissance à un nouvel Univers. Ils savaient que la fin de leur univers approchait et, qu'à moins d'agir, ce serait aussi leur fin à eux. Aussi décidèrent-ils d'un projet planétaire. Ils stockèrent de l'énergie, je ne sais comment, ni où ils la trouvèrent. Ils la gardèrent grâce à un système quelconque dans la matière même de leur planète pour que le jour où tout le reste de l'Univers mourrait, ils ne soient pas privés d'énergie. Ils recouvrirent la planète d'un dôme et la transformèrent ainsi en maison. Ils trouvèrent un moyen de propulsion pour pouvoir mouvoir la planète d'une façon autonome dans l'espace. Ils abandonnèrent leur étoile, cendre morte et brûlée, avant que l'attraction interne de l'Univers mort n'intervienne et ils se lancèrent, seuls dans l'espace. Et c'est ainsi qu'ils vivent, habitants en survie d'un vaisseau planétaire. Ils ont été les témoins de la disparition de l'Univers précédent, et ils se sont retrouvés seuls dans un espace mort, sans la moindre étincelle de lumière, le moindre frémissement d'énergie. Peut-être ont-ils vu la formation du nouvel œuf cosmique, je n'en sais rien. Ils auraient pu y assister de très loin. Et s'ils l'ont vu, ils ont aussi été les témoins de l'explosion qui a marqué le début de notre Univers, de l'éclair fulgurant qui a rendu de l'énergie à l'espace. Ils ont connu la première lueur rouge des nouvelles étoiles, la formation des galaxies, qui, une fois achevées, sont allées rejoindre le nouvel Univers. Ils avaient la possibilité de choisir leur galaxie, de fixer leur orbite autour de n'importe quelle étoile, de se déplacer à leur gré. Ils sont les vagabonds de l'espace, mais leur fin approche. La planète, elle, pourrait continuer à voguer éternellement car leur système énergétique est toujours en activité. Même l'existence d'une planète doit avoir une limite dans le temps mais ils en sont encore loin, c'est leur race qui se meurt. Et ils possèdent une science amassée par deux univers.

— Le fruit de cinquante billions d'années ! dit Oop.

— Au moins. Il est possible que cela soit encore davantage.

Ils demeurèrent silencieux, pensant à ces cinquante billions d'années. Le feu ronflait dans la cheminée. Dans le lointain, résonnait le carillon du Hall de la Musique qui égrenait les heures.

IX

Maxwell s'éveilla.

Oop le secouait :

— Il y a quelqu'un pour toi.

Maxwell repoussa ses couvertures, posa les pieds sur le sol et chercha son pantalon à tâtons.

Oop le lui tendit.

— Qui est-ce? demanda Maxwell.

— Il dit s'appeler Longfellow. Un type plutôt désagréable, assez bêcheur. Il t'attend dehors. Il était visible qu'il avait peur d'être contaminé en pénétrant dans la cabane.

— Alors, qu'il aille au diable, dit Maxwell, en se recouchant.

— Mais non, protesta Oop. Cela m'est complètement égal. Je suis au-dessus de cela.

Maxwell enfila son pantalon, il glissa les pieds dans ses chaussures et tapa sur le sol pour les enfiler complètement :

— Tu ne vois pas qui c'est?

— Pas du tout.

Maxwell s'avança en trébuchant vers le banc sur lequel était posée une cuvette. Il y versa l'eau d'un seau, se pencha au-dessus et s'aspergea le visage.

— Quelle heure est-il?

— Pas tout à fait sept heures, répondit Oop.

— Monsieur Longfellow doit être bien pressé de me voir.

— Il fait les cent pas dehors, il a l'air impatient.

Ainsi, monsieur Longfellow était impatient.

Lorsque Maxwell sortit sur le seuil, Longfellow se dirigea rapidement vers lui, la main tendue :

— Professeur Maxwell, je suis heureux de vous avoir trouvé. Cela a vraiment été difficile. On m'a dit que vous seriez peut-être ici.

Il tourna la tête vers la cabane et son nez se plissa légèrement :

— Alors, j'ai tenté ma chance.

— Oop, dit Maxwell est un ami de longue date, dont je suis très sûr.

— Nous pourrions faire quelques pas, suggéra Longfellow. Il fait spécialement beau ce matin. Avez-vous pris votre petit déjeuner? Je pense que non.

— Peut-être que ce serait plus facile si vous me disiez qui vous êtes?

— Je suis à l'Administration. Stéphan Longfellow, secrétaire du Président. C'est moi qui m'occupe des rendez-vous.

— Alors, vous êtes exactement celui que je voulais rencontrer. J'ai besoin d'avoir un rendez-vous avec le Président, aussi tôt que possible.

Longfellow secoua la tête :

— Je vous dis tout de suite que c'est impossible.

Ils se mirent en marche et prirent le chemin qui descendait vers la chaussée roulante. Une pluie de feuilles dorées tomba lentement d'un gros noyer à côté du chemin. En bas, près de la chaussée un érable se dressait, tache de feu sur le ciel bleu du matin. Et là-haut, loin dans le ciel, passa un vol de canards en route vers le sud.

— Impossible, dit Maxwell, a un air bien définitif. On dirait que vous y aviez déjà pensé et que votre décision était prise.

— Si vous désirez communiquer avec monsieur Arnold, répondit froidement Longfellow, il y a une filière normale à suivre. Vous devez comprendre que le Président est quelqu'un de très pris et...

— Je comprends très bien, coupa Maxwell. Et je sais aussi ce que signifie la filière normale. Des délais sans fin, des demandes circulant de main en main et tout le monde au courant.

— Professeur, il n'est pas besoin, semble-t-il, de tourner autour du sujet. Vous êtes résolu et je crois qu'avec quelqu'un de cette trempe, il vaut souvent mieux aller droit au but. Le Président ne désire pas vous rencontrer. Il ne peut se le permettre.

— Parce qu'il y a eu deux moi et que l'un est mort?

— La presse ne parlera que de cela ce matin. Tous les gros titres annonceront qu'un homme est revenu des morts. Avez-vous écouté la radio ou regardé la télévision?

— Non, dit Maxwell.

— Eh bien, vous découvrirez que vous êtes le grand sujet d'attraction. Je peux vous le dire, c'est très gênant.

— Vous voulez dire que cela donne lieu à un scandale?

— Si vous voulez. L'Administration a assez de problèmes sans se mêler d'une affaire comme la vôtre. Par exemple, cette histoire de Shakespeare, on ne peut l'étouffer, mais la vôtre, c'est possible.

— Mais, dit Maxwell, l'affaire Shakespeare et la mienne ne doivent pas émouvoir beaucoup l'Administration, comparées aux autres problèmes qu'elle rencontre; la remise en vigueur du duel à Heidelberg, le conflit pour savoir si on doit engager des créatures extra-terrestres dans les équipes de football...

— Mais, gémit Longfellow, ne comprenez-vous pas que les événements de ce campus sont importants?

— Parce que c'est ici que l'Administration a été transférée ? Alors qu'Harvard et une demi-douzaine d'autres universités...

— Si vous voulez savoir ce que j'en pense, coupa Longfellow d'un air pincé, le comité de gouvernement a fait preuve de bien peu de jugement. Tout a été rendu très difficile pour l'Administration.

— Qu'arriverait-il, demanda Maxwell, si j'allais tout simplement en haut de la colline, que je pénétrais dans les locaux de l'Administration et que je saccageais les bureaux?

— Vous le savez très bien. Vous seriez jeté dehors.

— Et si, avec moi, j'amenais des journalistes et des types de la télévision pour qu'ils assistent au spectacle?

— Je pense qu'on ne vous mettrait pas dehors et peut-être réussiriez-vous à rencontrer le Président. Mais je puis vous assurer que dans de telles conditions, vous n'obtiendriez rien de ce que vous pouvez désirer.

— Bon, dit Maxwell. De toute façon, je suis perdant.

— En fait, c'est pour quelque chose de tout à fait différent que je suis venu ce matin. Je vous apporte de bonnes nouvelles.

— J'en suis certain. Quelle aumône allez-vous me jeter pour me faire disparaître?

— Il ne s'agit pas d'aumône, dit Longfellow vexé. Je suis chargé de vous offrir le poste de doyen du Collège Expérimental de l'Université qui s'installe sur Gothique IV.

— Vous voulez dire la planète peuplée de sorcières et d'enchanteurs?

— Ce serait une occasion formidable pour quelqu'un de votre spécialité, insista Longfellow. Il s'agit d'une planète où la sorcellerie s'est développée sans l'intervention d'aucune autre intelligence, à l'opposé de ce qui s'est passé sur la Terre.

— Elle est aussi à cent cinquante années-lumière. Lointaine et certainement sinistre. Mais le salaire sera sans doute élevé.

— Très.

— Non merci, dit Maxwell. Je suis satisfait de mon travail ici.

— Votre travail?

— Oui, au cas où vous l'auriez oublié, je travaille à la Faculté.

Longfellow secoua la tête :

— Plus maintenant. Ne vous souvenez-vous pas que vous êtes mort il y a trois semaines? Nous ne pouvons laisser de poste vacant.

— Vous voulez dire qu'on m'a remplacé?

— Bien sûr, lui dit méchamment Longfellow. Dans l'état actuel des choses, vous êtes sans emploi.

X

Le serveur apporta les œufs au bacon, servit le café et laissa Maxwell assis à sa table. De l'autre côté de la grande baie vitrée, s'étendait le lac Mendota, immense miroir bleu et, au loin, on devinait les collines violettes qui bordaient l'autre rive.

Un écureuil descendit rapidement le long du tronc du chêne noueux qui se dressait juste devant la fenêtre. Il s'arrêta, la tête en bas pour fixer de ses yeux ronds l'homme assis à la table. Une feuille, rouge et fauve, se détacha du chêne et tomba lentement de branche en branche, portée par de petits courants d'air. Sur la berge rocheuse, un garçon et une fille se promenaient, la main dans la main, dans le silence du matin.

Il aurait été élégant et bien élevé de sa part d'accepter l'invitation de Longfellow à prendre le petit déjeûner avec lui mais il n'avait rien d'autre à attendre du secrétaire aux rendez-vous et il voulait être seul et avoir un peu de temps à lui pour résumer la situation et réfléchir un peu — s'il en avait le temps.

Oop avait raison. Il était maintenant évident qu'il ne lui serait pas facile de rencontrer le Président de l'Université. Pas seulement parce que l'emploi du temps de ce dernier était surchargé, ni à cause de l'obsession de son entourage à faire suivre la filière administrative à toutes les affaires, mais parce que, pour une raison mystérieuse, cette histoire de jumeaux avait pris des proportions de scandale, auquel Arnold ne voulait absolument pas être mêlé. Tout en regardant sautiller les écureuils curieux, Maxwell se demanda s'il était possible que cette attitude de l'Administration existât déjà au moment de son entrevue avec Drayton. La Sécurité surveillait-elle Arnold de près? Cela était peu probable mais il fallut à Maxwell reconnaître que c'était une éventualité. De toute façon, au comportement de panique d'Arnold, venait s'ajouter l'offre précipitée du poste sur Gothique IV. Non seulement l'Administration ne voulait pas avoir à faire avec ce deuxième Maxwell, mais en plus, elle voulait le voir quitter la Terre pour une planète éloignée où on l'oublierait rapidement.

Il était normal qu'après la mort de l'autre Peter Maxwell son poste aux Surnaturels ait été attribué à quelqu'un d'autre. Après tout, il fallait bien que les cours continuent. On ne pouvait laisser de vacance à la Faculté. Mais on aurait pu lui trouver un autre poste. Qu'on ne l'ait pas fait et qu'on lui ait si rapidement fait cette proposition pour Gothique IV montrait bien qu'on ne voulait pas de lui sur Terre.

Cependant, tout était étrange.

L'Administration ne pouvait avoir appris avant la veille qu'il y avait eu deux Maxwell. Et jusque-là, il ne pouvait y avoir eu de problème. Donc, il y avait quelqu'un qui s'était hâté de prévenir l'Administration, quelqu'un qui voulait se débarrasser de lui, qui avait peur de son intervention. Mais, de quelle intervention? La réponse lui sembla si facile qu'instinctivement, il se dit que c'était impossible.

Pourtant, il avait beau chercher, il ne voyait qu'une réponse : quelqu'un connaissait le trésor de science de la planète de cristal et voulait se l'approprier. Un nom avait été prononcé. Carol avait dit qu'un certain Churchill était au courant du marché proposé au Temps pour l'Artifact. L'Artifact pourrait-il être le prix demandé par les habitants de la planète de cristal? C'était possible mais on ne pouvait en être sûr car personne ne savait ce qu'il était au juste.

Que Churchill jouât un rôle dans cette affaire n'avait rien de surprenant. Il ne le faisait pas pour son compte personnel, bien sûr, mais pour celui de quelqu'un dont l'incognito devait être préservé. C'était dans de telles affaires qu'il pouvait se montrer utile, c'était un combinard professionnel. Il avait des relations et, opérant depuis plusieurs années, il avait sûrement installé des réseaux de renseignements en plusieurs points stratégiques.

Si ces suppositions se révélaient justes, Maxwell réalisa que sa mission serait beaucoup plus délicate. Non seulement il lui faudrait se méfier des bruits qui courent vite dans l'Administration mais il lui faudrait aussi redoubler de vigilance pour qu'aucun des renseignements dont il prendrait connaissance ne tombe en des mains ennemies.

L'écureuil avait continué sa descente le long du tronc et il était maintenant occupé à grignoter sur la pelouse qui descendait vers le lac. Il fouinait dans les feuilles mortes, à la recherche du gland qui pourrait lui manquer. Le garçon et la fille s'étaient éloignés et maintenant, une brise hésitante caressait la surface du lac.

Il n'y avait que peu de clients dans la salle. La plupart de ceux qui étaient là au moment de l'arrivée de Maxwell avaient terminé et étaient partis. De l'étage du dessus, provenaient des bruits de voix, et le frottement de pieds des étudiants qui, comme chaque jour, commençaient à remplir l'Union, lieu de détente des étudiants de première année.

C'était une des plus anciennes bâtisses et, selon Maxwell, une des plus belles. Depuis cinq cents ans, elle avait été à la fois lieu de rencontre, refuge et salle d'étude pour de nombreuses générations et elle était devenue si confortable et si accueillante qu'elle était un deuxième foyer pour plusieurs milliers d'étudiants. On y trouvait le calme nécessaire à l'étude, des coins confortables pour la discussion, des restaurants, des salles de réunion et, dans des renfoncements, des petites salles de lecture avec des étagères pleines de livres.

Maxwell recula sa chaise mais il resta assis. Il n'avait pas envie de se lever et de s'en aller car il devrait aussitôt retrouver ses problèmes. De l'autre côté de la baie, une magnifique journée d'automne s'annonçait. Le soleil commençait à chauffer. Ce serait un jour rempli de chutes de feuilles d'or, une brume bleue flotterait sur les collines lointaines, les chrysanthèmes se dresseraient magnifiquement sur leurs plates-bandes et asters et genêts jetteraient leurs mille feux dans la campagne.

Derrière lui, il entendit un claquement provoqué par plusieurs sabots. Il se retourna et il vit leur propriétaire qui se dirigeait rapidement vers lui, courant sur le carrelage rouge.

On aurait dit une énorme crevette. Il en avait les pattes articulées, le corps bizarrement voûté et de chaque côté de sa toute petite tête se dressaient deux longues tiges, sans doute des organes sensoriels. Il était d'une couleur blanchâtre et il avait trois gros yeux globuleux au bout de longues antennes.

Il s'arrêta à côté de la table et ses trois antennes

pivotèrent pour que les trois yeux puissent regarder dans la direction de Maxwell.

Il parla d'une voix suraiguë, la peau de sa gorge frémissant à chaque parole :

— Informé vous êtes Professeur Peter Maxwell.

— Vous êtes très bien informé, dit Maxwell.

— Moi être créature du monde Spearhead vingt-sept. Mon nom sans importance. Ici pour porter message de mon employeur, miss Nancy Clayton.

Maxwell se dit que cela ressemblait bien à Nancy Clayton d'employer une créature aussi étrange que celle-ci comme courrier.

— Travaille pendant mes études, expliqua la Crevette. Fais ce que je peux.

— C'est très bien, dit Maxwell.

— Apprends mathématiques du temps, déclara la Crevette. Me concentre sur configurations de ligne du monde. Suis fana.

Pourtant, la Crevette n'avait pas du tout l'air fana.

— Pourquoi vous y intéressez-vous tant? demanda Maxwell. Y a-t-il quelque chose dans votre passé, dans votre héritage culturel?

— Oh, oui ! Tout à fait nouveau pour moi. Dans mon monde, pas de notion de temps. Emballé. Mais, moi trop bavard, miss Clayton désire savoir si vous pouvez assister à soirée elle donne ce soir huit heures.

— Je pense que oui. Dites-lui que je me fais toujours un plaisir d'assister à ses soirées.

— Ravi. Elle vous veut beaucoup. On parle beaucoup de vous.

— Je vois, dit Maxwell.

— Vous difficile à trouver. Couru vite, dans beaucoup d'endroits. Enfin réussi.

— Je suis navré de vous avoir donné tellement de mal.

Il chercha un billet dans sa poche.

La créature avança une de ses pattes antérieures et le prit à l'aide de pinces. Elle le plia et le replia puis le glissa dans une petite poche qui lui sortait de la poitrine.

— Vous très aimable, pépia-t-il. Autre renseignement, soirée donnée pour montrer nouveau tableau. Tableau perdu et retrouvé longtemps plus tard. Œuvre d'Albert Lambert. Gros succès pour miss Clayton.

— J'en suis sûr, dit Maxwell. Les succès sont la spécialité de miss Clayton.

— Elle employeur très aimable, dit la Crevette avec reproche.

— Bien sûr.

La créature quitta la pièce au galop.

Maxwell tendit l'oreille et il l'entendit gravir l'escalier qui menait à l'étage principal.

Maxwell se leva et il se dirigea lui-même vers l'escalier. S'il devait assister à ce « vernissage », il valait mieux qu'il se documente sur l'artiste. C'est ce qu'aurait fait chaque invité avant la soirée.

Lambert? Le nom lui disait quelque chose. Sans doute avait-il lu un article dans une revue, qu'il avait feuilletée il y a longtemps.

XI

Maxwell ouvrit le livre.

Il parcourut la première page :

« Albert Lambert est né à Chicago (Illinois) le 11 janvier 1973. Connu en tant que portraitiste du symbolisme grotesque, ses premières œuvres ne laissèrent en rien présager de sa gloire future. A ses débuts, sa peinture, quoique adroite et valable, n'était pas particulièrement extraordinaire. Ce n'est qu'après la cinquantaine que débuta sa période grotesque, et plutôt qu'une évolution, ce fut une révélation subite. Comme si l'artiste avait développé cette tendance en secret et qu'il n'avait montré ses toiles que le jour où il avait été pleinement satisfait nouveau style de son œuvre. Mais, rien ne prouve que cela se soit passé ainsi. Au contraire... »

Maxwell sauta les pages suivantes pour arriver aux planches de couleur. Il passa rapidement les peintures de ses débuts. Et subitement, d'une page à l'autre, la peinture changea. Le concept artistique, les coloris et même, sembla-t-il à Maxwell, l'adresse de l'artiste, comme s'il s'était agi de deux peintres différents. On aurait dit que quelque nécessité intérieure forçait le premier à une expression méthodique tandis que le second obsédé par une expérience révélatrice essayait de s'en libérer en la peignant.

Une beauté sombre et dure se dégageait de la page et Maxwell crut percevoir dans le profond silence de la bibliothèque comme le froissement de soyeuses ailes noires. Des créatures extraordinaires évoluaient dans un paysage torturé et, Maxwell le sentit immédiatement, ce n'était pas pure invention. Créatures et paysage n'étaient pas le fruit d'une imagination douloureuse mais ils semblaient appuyés par quelque géométrie outrée, résultat d'une logique et d'une situation totalement inconnues de lui.

Les formes, les couleurs, le dessin n'étaient pas les valeurs d'un homme blessé; on sentait qu'au contraire, elles étaient peut-être la simple représentation de quelque chose qui s'était passé tout à fait en dehors des critères humains. Peut-être était-ce le symbolisme grotesque dont les pages précédentes parlaient mais, si c'était le cas, se dit Maxwell, ce symbolisme n'avait pu éclore que difficilement et après une étude douloureuse.

Il tourna la page et il se heurta de nouveau au mystère de l'insaisissable. Une autre scène lui apparut, avec d'autres personnages, dans un autre paysage mais portant comme la première planche, le sceau du témoignage. C'était une scène que l'artiste n'avait pas inventée mais qu'il avait observée et dont il cherchait à se libérer, tout comme on voudrait se purifier les mains en les frottant sans fin l'une contre l'autre. On essaye souvent de se dégager d'une souillure psychique par des moyens physiques. Ce n'était pas avec ses yeux d'homme que le peintre avait assisté à cette scène mais avec ceux d'une race disparue et insoupçonnée.

Maxwell était fasciné par l'image. Il aurait voulu

en détourner le regard mais il ne le pouvait, captivé par la beauté douloureuse et sinistre qui s'en dégageait. Il était envoûté par la recherche secrète et terrible du peintre et il ne pouvait la comprendre. La Crevette avait dit que la notion de temps était quelque chose auquel ceux de sa race n'avaient jamais songé, un facteur universel étranger à sa culture. De même, il y avait dans ces pages quelque chose d'inconnu pour l'homme, quelque chose dont il n'avait pas même rêvé.

Il avança la main pour refermer le livre mais il hésita, comme si une force impérieuse lui ordonnait de continuer son étude.

Et par le fait même de cette hésitation, il réalisa qu'une impression étrange émanait de l'illustration et l'invitait à la contemplation. Il l'avait ressentie sans en être conscient.

Il continua à regarder la planche puis, lentement, il tourna la page et en découvrant la troisième reproduction, cette impression lui devint totalement perceptible. Il saisit dans le coup de pinceau du peintre un travail qui donnait à la peinture une sorte d'évanescence, comme s'il avait parsemé sa toile d'une poudre brillante, visible par instants seulement.

Il demeura bouche bée, contemplant les reflets. Sans doute s'agissait-il d'un effet d'optique, encouragé par l'adresse de l'artiste. Mais, effet d'optique ou non, il lui était facile de reconnaître les fantômes de la planète de cristal.

Et, dans le silence de la bibliothèque, il se posa une question : comment Albert Lambert pouvait-il avoir connu les habitants de la planète de cristal?

[illegible]

[illegible]

[illegible]

[illegible]

[illegible]

[illegible]

XII

— J'ai entendu parler de votre aventure, dit Allen Preston et, bien entendu, cela m'a paru incroyable. Mais mon informateur semblait digne de confiance et je me suis donné la peine d'essayer de vous joindre. La situation m'inquiète un peu, Pete. C'est l'homme de loi qui vous dit que vous êtes dans le pétrin.

Maxwell s'assit en face de Preston, de l'autre côté de son bureau :

— Je pense que vous avez raison. En tout cas, j'ai perdu mon travail. Existe-t-il une législation quelconque pour un cas comme celui-ci?

— Quel cas? Quelle est exactement la situation? Personne n'a l'air au courant. Tout le monde en parle, mais personne ne paraît fixé. Moi-même...

Maxwell se força à sourire :

— Bien sûr, vous voudriez savoir. Je vous pose un problème, vous vous demandez si vous avez toute votre tête... et si je suis bien Peter Maxwell.

— L'êtes-vous?

— Evidemment. Je ne vous en voudrais pas, ni à personne d'ailleurs, si vous en doutiez. Il y a eu deux Peter Maxwell; puis un incident est survenu dans la fréquence d'identification. L'un des deux est allé dans le système Coonskin, il en est revenu et il est mort. L'autre, c'est moi et je suis rentré hier.

— Et vous avez appris votre propre mort?

Maxwell acquiesca :

— Mon appartement est loué, tout ce que je possédais a disparu, mon poste a été attribué à un autre et je suis sans travail. C'est pourquoi je vous parlais de législation.

Preston se renversa légèrement dans son fauteuil et posa son regard sur Maxwell :

— Légalement, l'Université est dans son droit. Vous êtes mort, vous n'avez plus aucun droit, tout au moins jusqu'à ce que la lumière soit faite.

— A la suite d'un long procès?

— Sans doute. Je ne puis rien affirmer, votre cas est sans précédent. On a déjà vu des erreurs d'identité, un mort déclaré sous le nom de quelqu'un de bien vivant, mais avec vous, il ne s'agit pas d'erreur. Il n'y a aucun précédent, c'est nous qui en créerons un. Ce sera un long travail de recherche. D'abord, il faudra établir qui vous êtes aux yeux de la loi.

— Comment, qui je suis? Vous le savez très bien !

— Mais pas la loi. Vous n'avez aucune existence légale. Tous vos papiers d'identité ont été retournés aux archives et ils doivent être classés.

— Mais je les ai dans ma poche.

Preston le regarda :

— Evidemment, j'aurais dû y songer. Que de complications !

Il se leva et traversa la pièce en hochant la tête. Il fit demi-tour et se rassit.

— Laissez-moi réfléchir, dit-il. Donnez-moi un peu de temps. Je vais trouver quelque chose. Il y a beaucoup de travail. Il y a aussi votre testament...

— Mon testament, je l'avais oublié.

— Il est sous scellés, mais je peux obtenir un sursis.

— J'ai tout laissé à mon frère qui est au Service d'Exploration. Je pourrais le joindre, bien que ce soit sûrement toute une histoire. Il est généralement avec le corps expéditionnaire. Je ne veux pas que cela fasse des histoires là-bas. Dès qu'il saura ce qui s'est passé...

— Ce n'est pas avec lui qu'il y aura des histoires, mais avec la Cour. On peut le faire, bien sûr, mais ce sera long. Vous n'aurez aucun droit sur vos biens avant que tout soit bien clair. Vous ne possédez que les vêtements que vous avez sur le dos et ce que vous avez dans vos poches.

— L'Université m'a proposé un poste sur Gothique IV, Doyen d'une unité de recherche. Je n'ai pas l'intention d'accepter.

— Et pour votre argent?

— Pour l'instant, ça va. Oop m'a hébergé et j'ai un peu d'argent. S'il le fallait, Harlow Sharp m'aiderait à trouver du travail. Au besoin, je pourrais faire partie d'un de ses voyages d'exploration. Je crois que cela ne me déplairait pas.

— Mais pour cela, il ne faut pas être diplômé du Temps?

— Pas pour les travailleurs. Je pense que ce n'est que pour les postes de direction.

— Avant d'entamer une procédure, il me faut connaître tous les détails.

— Je vous ferai un rapport.

— Il me semble, dit Preston, que nous pourrions introduire une action contre les Transports. Ils vous ont mis dans une drôle de situation.

Maxwell hésita un moment.

— Pas tout de suite. Nous avons tout le temps d'y penser.

— Vous me faites ce rapport, et pendant ce temps, je vais réfléchir et consulter mes textes. Ensuite, nous pourrons commencer. Avez-vous lu les journaux ou regardé la télévision?

Maxwell secoua la tête :

— Je n'ai pas eu le temps.

— Ils sont déchaînés. C'est incroyable qu'ils ne vous aient pas coincé, ils doivent vous chercher. Jusqu'à présent, ils ne font que des suppositions. On vous a vu hier soir au « Pig and Whistle ». Les journaux titrent que vous revenez de parmi les morts. A votre place, j'éviterais les journalistes, et, s'ils vous trouvent, ne leur dîtes absolument rien.

— Je n'en avais pas l'intention, dit Maxwell.

Ils se regardèrent, assis face à face dans le bureau calme et silencieux.

— Quel gâchis, dit finalement Preston. Quelle foutue pagaille. Dans le fond, Pete, je trouve cela plutôt drôle.

— Au fait, dit Maxwell, Nancy m'a invité ce soir à un cocktail chez elle. Je me demandais si cela avait un rapport avec mon aventure. Remarquez, elle m'invite de temps en temps.

Preston sourit :

— C'est normal, vous êtes célèbre. Vous serez le clou de sa soirée.

— Je ne suis pas certain que ce soit pour cela. Elle a dû entendre dire que j'avais réapparu et cela a piqué sa curiosité.

— Oui, dit Preston sèchement, elle a envie de savoir.

XIII

Maxwell s'attendait à trouver des journalistes devant chez Oop, mais il n'y avait personne. A première vue, sa retraite n'avait pas été découverte.

Dans la torpeur de la fin d'après-midi, le soleil inondait d'or fondu les vieilles planches de la cabane. Devant la porte, des abeilles bourdonnaient au-dessus d'un buisson d'asters et des papillons jaunes voletaient dans la fin de journée brumeuse; ils se détachaient sur le fond de collines qui dominaient la chaussée roulante.

Maxwell ouvrit la porte et avança la tête dans l'entrebâillement. Personne. Oop devait encore marauder et Fantôme n'était toujours pas là. Le feu rougeoyait dans la cheminée, abandonné.

Maxwell referma et s'assit devant la cabane.

Loin vers l'ouest, un des quatre lacs du campus brillait comme un miroir bleuté. Des laiches mortes et l'herbe brûlée teintaient la campagne de bruns et de jaunes. Çà et là, des groupes d'arbres ponctuaient le paysage de taches de feu.

La chaleur et la douceur invitaient au rêve, à l'opposé des paysages violents et sombres que Lambert avait peints à une époque lointaine.

Il se demanda pourquoi il avait gardé un souvenir aussi précis des paysages de Lambert, et comment le peintre avait découvert l'apparence éthérée des fantômes de la planète de cristal. Il ne pouvait s'agir d'un simple hasard. Un esprit humain ne pouvait avoir inventé cette étrange propriété. La voix de la raison disait que Lambert devait avoir eu connaissance de l'existence des fantômes et elle disait aussi que c'était impossible.

Et toutes les autres créatures? Tous ces monstres grotesques peints par un pinceau rageur et insensé? Que représentaient-ils, d'où venaient-ils? N'étaient-ils que les chimères d'un esprit torturé? Etait-ce bien les habitants de la planète de cristal que Lambert avait représentés? Cela semblait peu vraisemblable. Il devait aussi avoir vu les autres créatures quelque part, d'une façon ou d'une autre. Et le paysage, l'avait-il inventé pour créer l'atmosphère adéquate? ou bien était-ce la planète de cristal avant qu'elle ne soit close sous son dôme? Mais c'était impossible, elle l'avait été avant l'apparition de l'univers actuel. Cela représentait au moins dix billions d'années, peut-être cinquante billions.

Maxwell s'étira. Il était mal à l'aise. Tout cela était insensé. Il se dit qu'il avait assez de problèmes sans, en plus, s'occuper des tableaux de Lambert. Il n'avait plus de travail, ses biens étaient sous scellés. Il n'avait pas même d'existence légale en tant qu'homme.

Mais rien de tout cela n'était important, tout au moins pour l'instant. Il fallait d'abord s'occuper du trésor de savoir de la planète de cristal, l'Université devait en devenir propriétaire. Cela représentait davantage que toute la science de l'entière galaxie. Sûrement qu'une partie serait la répétition de ce qu'on connaissait déjà mais, il en était sûr, il devait y avoir une masse de données et de renseignements auxquels on n'avait pas même songé. Le peu qu'il avait vu le confirmait dans cette idée.

Il se revit installé devant la table sur laquelle étaient empilées les feuilles de métal qu'il avait prises sur les étagères. Il avait autour de la tête l'espèce de traducteur, d'interprète.

Il se souvenait de la feuille de métal qui parlait de l'esprit, non pas en termes philosophiques ou métaphysiques mais comme d'un simple mécanisme, avec des mots hermétiques. Il s'était débattu avec la terminologie car il s'agissait d'un domaine inconnu de l'homme, mais, au bout d'un moment, il avait dû abandonner. Et puis il y avait une autre feuille qui avait l'air d'exposer les principes de l'application des mathématiques aux sciences sociales. Il avançait comme un aveugle, abordant des sujets complètement inconnus. Il avait appris qu'il y avait eu deux et non pas un seul univers, il avait parcouru un traité d'histoire naturelle qui décrivait des formes de vie incroyables dans leurs principes élémentaires et dans leurs fonctions. Il y avait aussi une feuille si mince qu'il pouvait la plier comme du papier et dont le contenu était tellement au-dessus de son entendement qu'il ne savait toujours pas quel en était le sujet. Et une autre, beaucoup plus épaisse sur laquelle il prit connaissance de pensées et de philosophies émanant de civilisations disparues depuis longtemps et dont l'inhumanité l'avait à la fois terrifié et émerveillé.

Tout cela, multiplié par un trillion, dormait là-bas sur la planète de cristal.

Il était important qu'il remplisse la mission dont on l'avait chargé. Il y avait de grandes chances qu'en cas d'échec de sa part, la planète de cristal s'adresse ailleurs pour proposer sa bibliothèque. Elle la proposerait peut-être à une autre partie de la galaxie, peut-être même en dehors.

Il était possible que l'Artifact soit le prix demandé. Qu'une proposition en ait été faite et que Churchill y soit mêlé, rendait la chose assez plausible, mais pour l'instant, on ne pouvait rien affirmer. Il se pouvait que l'Artifact soit convoité par quelqu'un qui avait enfin découvert quel en était le secret. Il essaya d'imaginer ce qu'on pouvait avoir trouvé mais il dut abandonner.

Un vol de merles passa au-dessus de la cabane, en direction de la chaussée. Maxwell les vit qui se posèrent parmi la végétation mourante d'un marais. Leurs corps se balançaient délicatement sur des touffes d'herbe. Ils étaient là pour une heure environ, prenant des forces pour voler jusqu'à la prochaine étape vers le sud.

Maxwell se leva. Il aurait bien fait une sieste. La tranquillité et le calme de l'après-midi s'étaient emparés de son corps. Il se dit qu'Oop renterait bientôt; il le réveillerait et ils discuteraient en mangeant quelque chose avant d'aller chez Nancy.

Il ouvrit la porte et pénétra dans la cabane. Il se dirigea vers le lit puis il pensa qu'il ferait mieux de vérifier s'il lui restait une chemise propre et une paire de chaussures pour la soirée. Il souleva son sac et le posa sur le lit.

Il l'ouvrit et en sortit un pantalon pour atteindre les chemises qui étaient dans le fond. Les chemises étaient bien à leur place, mais il y avait autre chose : un boitier avec une sangle et des sortes d'œillères.

Il savait bien ce que c'était. Le transposeur dont il s'était servi sur la planète de cristal. Il le balança, le tenant par la courroie. Il était complet; la sangle, le générateur de puissance et les deux œillères à mettre en position une fois l'engin placé sur la tête.

Il avait dû l'emporter par mégarde, mais il ne

s'en souvenait absolument pas. De toute façon, il était trop tard et peut-être que cela n'avait pas d'importance. Cela pourrait même lui servir un jour ou l'autre à prouver qu'il avait bien été sur la planète de cristal. D'ailleurs, le transposeur n'était pas une bonne preuve, ce n'était qu'un gadget à l'aspect banal... Mais quand le mécanisme était en train, il n'était plus si banal que cela.

Maxwell perçut un léger tapotement. Surpris, il se redressa et tendit l'oreille. Sans doute une branche qui battait contre le toit. Pourtant, le bruit était un peu différent.

La tapotement cessa puis reprit, cette fois-ci d'une façon rythmée, trois coups rapides — une pause — deux coups rapides — une pause et de nouveau la même chose. On aurait dit un code.

Il y avait quelqu'un à la porte.

Maxwell quitta le lit et demeura un instant indécis. Peut-être était-ce un journaliste et alors il valait mieux ne pas ouvrir. Mais le tapotement n'était pas assez impatient pour provenir d'un ou de plusieurs journalistes qui auraient découvert sa retraite. C'était des coups légers, timides, comme si la personne ne voulait pas dévoiler sa présence, n'étant pas très sûre de ses intentions. Et de toute façon, s'il s'agissait de journalistes, il ne servait à rien de ne pas ouvrir car ils essaieraient d'eux-mêmes, et trouvant la porte ouverte, ils entreraient dans la cabane.

Le tapotement, qui avait cessé, reprit. Maxwell ouvrit la porte en grand. Sur le seuil se détachait la silhouette blanche et fantômatique de la Crevette. Un de ses membres, qui lui servait plus de bras que de jambe, tenait un paquet enveloppé de papier.

— Entrez, dit sèchement Maxwell, avant que quelqu'un ne vous voie.

La Crevette entra et Maxwell se demanda ce qui l'avait poussée à la faire se hâter ainsi.

— Pas besoin avoir peur, dit la Crevette. Aucun glaneur de potins ne m'a suivi. Mon aspect tellement bizarre, personne ne me suit jamais, personne ne fait attention à moi.

— Vous avez de la chance. C'est sans doute ce qu'on appelle la protection par la couleur.

— Me revoilà, dit la Crevette, pour miss Clayton. Elle sait vous avez emporté peu de vêtements dans voyage. Pas eu temps faire des courses ou aller à teinturerie. Ne veut pas vous vexer, mais vous envoie vêtements. M'a demandé dire cela avec enthousiasme.

La Crevette tendit à Maxwell le paquet qu'elle tenait sous son bras.

— C'est très gentil de la part de Nancy.

— Elle très attentionnée. M'a demandé de vous dire autre chose.

— Je vous écoute.

— Un véhicule à roues vous emmènera à la maison.

— Je n'en ai pas besoin, la chaussée roulante passe juste en bas de chez elle.

— Encore une fois, excusez, dit la Crevette fermement, mais elle pense c'est mieux. Il y a beaucoup de remue-ménage parmi toutes sortes de créatures pour savoir où vous êtes.

— Pouvez-vous me dire comment miss Clayton le sait?

— Je ne sais vraiment pas.

— Bon, ça va. Vous remercierez Miss Clayton de ma part.

— Avec plaisir.

XIV

— Je vais vous faire passer par-derrière, dit le chauffeur. Il y a une nuée de journalistes de l'autre côté. Miss Clayton a pensé que vous ne voudriez peut-être pas les rencontrer.

— Merci, dit Maxwell, c'est très aimable à vous.

Nancy, se dit-il, avait, selon son habitude, tout organisé. Elle considérait comme une de ses prérogatives de décider de la vie des autres.

Sa maison était située sur la falaise basse qui longeait le lac à l'ouest. L'eau brillait à la lumière de la lune. La façade était inondée de lumière mais l'arrière était dans l'obscurité.

La voiture quitta l'autoroute et grimpa lentement la route bordée de grands chênes. Un oiseau effrayé s'envola, les phares de la voiture éclairèrent un moment ses battements d'ailes désespérés. Deux chiens se précipitèrent dans l'allée, aboyant furieusement de chaque côté de la voiture.

Le chauffeur ricana :

— Si vous étiez à pied, ils vous dévoreraient vivant.

— Mais pourquoi miss Clayton a-t-elle subitement besoin d'une meute pour la garder?

— Il ne s'agit pas d'elle mais de quelqu'un d'autre.

Maxwell réprima la question qui lui venait aux lèvres.

Le chauffeur s'engagea dans un petit chemin qui passait sous un portique et il s'arrêta.

— C'est la porte de derrière, dit-il. Vous n'avez pas besoin de frapper. Ensuite, vous traversez le hall et vous passez devant un escalier en colimaçon. Vous verrez, la réception est au fond du corridor.

Maxwell posa la main sur la poignée de la porte et hésita.

— Ne vous occupez pas des chiens, dit le chauffeur, ils connaissent la voiture, ils ne vous feront rien.

En effet, aucun des chiens n'était en vue et Maxwell monta rapidement les trois marches du perron. Il ouvrit la porte de derrière et pénétra dans le hall.

Il y faisait sombre. Une faible lueur provenait du haut de l'escalier. Sans doute quelqu'un qui avait laissé allumé. Des éclats de voix et de rires résonnaient quelque part.

Il demeura un moment immobile puis il s'habitua à l'obscurité et il vit que le hall s'avançait vers le centre de la maison, plus loin que l'escalier. Ensuite, il devait y avoir une porte, ou bien un brusque tournant dans le corridor, et il tomberait sûrement sur la soirée.

Il se dit que tout cela était curieux. Si Nancy avait donné des ordres au chauffeur pour qu'il le dépose derrière la maison, elle aurait dû demander à quelqu'un de l'accueillir ou tout au moins s'assurer qu'il trouverait facilement son chemin.

Il trouvait que c'était vraiment très étrange d'arriver de cette façon et de chercher les invités dans le noir. Il pensa à rebrousser chemin et retourner chez Oop, mais il se souvint des chiens qui étaient dehors, deux brutes sauvages.

Ce n'était pas dans le style de Nancy, elle ne faisait pas de choses de ce genre. Il sentait que cela ne collait pas du tout et il ne se sentait pas à son aise.

Il avança avec précaution dans le hall, en faisant attention à ne pas buter contre un meuble. Il distinguait un peu mieux mais le hall ressemblait toujours à un tunnel.

Il passa l'escalier, rasant la première marche et il se trouva en partie coupé de la lumière qui provenait de l'étage supérieur. Le hall était encore plus sombre qu'auparavant.

Une voix appela :

— Professeur Maxwell, je sais que vous êtes là.

En fait, cela ne ressemblait pas à une voix, Maxwell aurait pu jurer qu'il n'avait pas entendu de son. Il avait l'impression que la voix provenait de quelque part dans sa tête.

Il sentit la crainte s'emparer de lui. Il essaya de se dominer mais il n'y réussit pas. Il voulut parler mais il ne put émettre un son.

La voix reprit :

— Je vous attendais, Professeur. Je désire m'entretenir avec vous. Il y va de votre intérêt autant que du mien.

— Où êtes-vous? demanda Maxwell.

— Derrière la porte tout de suite à votre gauche.

— Je ne vois pas de porte.

Le bon sens de Maxwell lui soufflait :

— Va-t-en ! Sauve-toi aussi vite que tu le peux !

Mais il ne le pouvait pas. Il n'y parvenait pas. S'il partait, dans quelle direction devait-il courir? Pas vers la porte de derrière à cause des chiens, ni dans le hall sombre où il heurterait sûrement quelque chose et alerterait tous les invités avec un grand bruit. On le retrouverait échevelé et mort de peur, car, il le savait, s'il se mettait à courir, la terreur s'emparerait de lui et il n'y pourrait rien.

Ce n'était déjà pas tellement brillant de s'introduire à une réception par la porte de derrière sans en plus être trouvé dans un tel état.

S'il s'était agi de n'importe quelle voix, cela n'aurait pas été aussi terrifiant. Cette voix-là ne possédait aucune intonation, elle rendait un son métallique et dur, inhumain. C'était, se dit Maxwell, la voix d'un être extra-terrestre.

— Il y a une porte, hacha la voix monocorde. Avancez-vous un peu sur la gauche et ouvrez-la.

Tout cela devenait vraiment ridicule. Ou il l'ouvrait, ou il prenait la fuite. A moins qu'il ne parte tout simplement. Mais, il savait bien que dès qu'il aurait tourné le dos à cette porte, il prendrait ses jambes à son cou, involontairement, fuyant la terreur à laquelle il tournerait le dos.

Il fit un pas vers la gauche, trouva la porte et la poussa. La pièce était sombre mais une faible lueur filtrait par la fenêtre pour éclairer une créature rondouillette au milieu de la pièce. Dans son ventre s'agitait une vermine phosphorescente comme des vers luisants dans un bocal.

— Non, dit la créature, vous ne vous trompez pas. Je suis bien un de ceux que vous nommez Roulants. Vous m'appellerez monsieur Marmaduke, ce sera plus facile. Ce n'est pas mon nom, aucun d'entre nous n'en possède un, nous n'en avons pas besoin, notre personnalité réside ailleurs.

— Enchanté de faire votre connaissance, monsieur Marmaduke.

Maxwell parlait lentement, ses lèvres étaient

devenues dures et raides comme le reste de son corps.

— Moi aussi, Professeur.

— Comment saviez-vous qui j'étais? demanda Maxwell. Vous n'avez pas hésité, vous saviez que j'allais traverser le hall.

— Bien sûr, dit le Roulant.

Maxwell distinguait mieux la créature. Un corps bouffi porté par deux roues et rempli de matière luisante et frétillante.

— Vous êtes invité par Nancy? demanda-t-il.

— Oui, répondit M. Marmaduke. Je crois être l'hôte d'honneur de sa soirée.

— Alors, peut-être devriez-vous être avec les autres.

— J'ai dit que j'étais fatigué. C'est un léger mensonge car je ne suis jamais fatigué. Alors, j'ai été me reposer un moment.

— Et vous m'attendiez?

— Exactement.

Maxwell était certain que Nancy n'y était pour rien. Elle était futile et pour elle la seule chose qui avait de l'importance était ses éternelles soirées. Elle était incapable de toute intrigue.

— Il y a un sujet dont nous pourrions discuter, dit M. Marmaduke. Cela pourrait être profitable pour tous les deux. Je crois que vous cherchez un acheteur pour une marchandise importante. Cela pourrait m'intéresser.

Maxwel fit un pas en arrière et chercha une réponse, mais il n'en trouva pas.

— Vous ne dites rien, dit M. Marmaduke. Je ne peux pas m'être trompé, vous êtes bien l'intermédiaire chargé de cette vente?

— Oui, dit Maxwell.

Il savait que cela ne servirait à rien de le nier. Cette créature était au courant de l'existence de l'autre planète et du trésor de science, il ne savait trop comment. Peut-être en connaissait-elle aussi le prix. Se pouvait-il que ce soit les Roulants qui aient fait la proposition d'achat de l'Artifact?

— Eh bien alors, dit M. Marmaduke, occupons-nous tout de suite de cette affaire et examinons-en les modalités. Sans oublier, bien entendu votre commission.

— J'ai bien peur que ce ne soit impossible pour le moment. Je ne connais pas les conditions. Voyez-vous, je suis chargé de trouver l'acheteur et ensuite...

M. Marmaduke le coupa :

— Aucune importance. Je suis au courant des détails qui vous manquent.

— Et vous paierez le prix?

— Bien entendu, dit le Roulant. Simplement, cela sera un peu long. Il me faut le temps de mener à bien certaines négociations. Ensuite, nous pourrons conclure l'affaire sans aucun problème. Le seul que je vois est de déterminer le montant de votre commission.

— Je présume, dit Maxwell que ce sera une bonne commission.

— Nous avions pensé vous nommer, disons bibliothécaire. Nous avons besoin d'une créature comme vous et je pense que ce travail pourrait vous intéresser. Nous voudrions connaître le salaire que vous demandez et vos conditions d'emploi.

— Il va me falloir réfléchir.

— Bien entendu. Dans un cas comme celui-ci, il est bon de s'accorder un peu de réflexion. Nous sommes prêts à une grande générosité.

— Ce n'est pas ce que je voulais dire. dit Maxwell. C'est de l'opération elle-même que je parlais. Il faut que je décide si je veux traiter avec vous.

— Peut-être doutez-vous de notre solvabilité?

— Peut-être.

— Professeur Maxwell, je vous conseillerais d'abandonner vos doutes. car nous sommes décidés à obtenir de toute façon ce que vous avez à vendre. Alors, il vaudrait mieux que vous nous le vendiez de bon cœur.

— Que je le veuille ou non?

— Je ne l'aurais pas dit aussi franchement mais c'est bien cela.

— Vous n'êtes pas très bien placé pour employer ce ton.

— Vous ne savez rien de notre position. Votre savoir ne dépasse pas une certaine limite dans l'espace. Au-delà, vous ne savez plus rien.

Il y avait quelque chose dans le ton employé, dans les mots mêmes qui fit frémir Maxwell.

Votre savoir ne dépasse pas une certaine limite dans l'espace, avait dit le Roulant. Qu'y avait-il au-delà de cette limite? Personne ne le savait. On savait seulement que les Roulants avaient installé leur empire quelque part dans la zone inconnue et on racontait des histoires horribles, comme celles qu'inspire toute frontière.

Peu de contacts avaient été établis avec les Roulants et on ne savait pratiquement rien d'eux, ce qui était mauvais. Il n'y avait pas eu de mains tendues, pas de gestes de bonne volonté ni d'un côté ni de l'autre. La frontière entre les Roulants et les Humains était installée dans l'espace, ligne silencieuse et sombre que personne n'avait traversée.

— Je me déciderais plus facilement, dit Maxwell, si nous en savions davantage sur vous.

— Vous savez que nous sommes de la vermine, dit M. Marmaduke avec dédain. Vous êtes intolérants.

— C'est faux, dit Maxwell. Nous savons que vous êtes des mécaniques dont la base est composée de ce que, sur notre Terre, nous nommons insectes. Ceci vous rend différents de nous, bien sûr, mais pas davantage que beaucoup d'autres créatures. Je n'aime pas beaucoup le mot intolérant, M. Marmaduke car il suppose que le sujet puisse appeler la tolérance et il n'en est pas question, ni pour vous, ni pour moi, ni pour aucune autre créature au monde.

Il s'aperçut qu'il tremblait de colère et il se demanda comment un seul mot avait pu le mettre dans cet état, alors qu'il n'avait pas été touché à l'idée de voir le Roulant acheter le savoir de la planète de cristal. Il se dit que cela provenait de ce que depuis que tant de races se côtoyaient, la tolérance et l'intolérance étaient devenues des mots prohibés.

— Votre discours était percutant et courtois, dit le Roulant. Il se peut que vous ne soyez pas intolérant.

— Même si l'intolérance existait, dit Maxwell, je ne vois pas pourquoi elle vous heurterait. Elle salirait davantage celui qui l'éprouverait que celui vers lequel elle serait dirigée. Ce serait non seulement une preuve de sa mauvaise éducation mais aussi de son peu de culture. Il n'y a rien de plus bête que l'intolérance.

— Alors, s'il ne s'agit pas d'intolérance, qu'est-ce qui vous fait hésiter?

— Il me faudrait savoir ce que vous comptez faire de ce que vous voulez acheter. Je voudrais être plus renseigné sur vous.

— Pour pouvoir juger?

— Je ne sais pas d'après quoi on peut émettre un jugement dans un cas pareil.

— Nous parlons trop, dit M. Marmaduke, et cela ne sert à rien. Je vois que vous n'avez pas l'intention de traiter avec nous.

— Pour l'instant, je crois que vous avez raison.

— Alors, nous devons trouver un autre moyen. Votre refus va nous causer bien du tracas et va nous faire perdre notre temps. Nous vous le reprocherons.

— Je pense que je le supporterai.

— Il vaut mieux être du côté du vainqueur.

Une masse compacte et rapide frôla Maxwell et il saisit un éclair de dents luisantes et un pelage roux.

— Sylvester ! cria Maxwell. Arrête !

M. Marmaduke se déplaça à toute vitesse. Il vira sur ses roues pour éviter la charge de Sylvester et tenter d'atteindre la porte. Sylvester fit demi-tour et on entendit le grincement de ses griffes sur le sol. Maxwell aperçut le Roulant qui se dirigeait droit sur lui, il fit un plongeon pour s'écarter mais une roue le heurta à l'épaule et le poussa rudement sur le côté. M. Marmaduke sortit de la pièce comme un éclair, suivi par Sylvester, silhouette longue et souple qui paraissait voler dans les airs.

— Arrête, Sylvester ! cria Maxwell tout en sortant lui-même en courant. Il prit si vite le tournant du hall que ses jambes pédalèrent dans le vide un moment.

Devant lui, le Roulant avançait avec aisance dans le hall, toujours suivi de Sylvester. Maxwell ne s'essouffla pas davantage à appeler le chat mais se lança dans la course.

Au fond du hall, M. Marmaduke bifurqua sur la gauche et Sylvester perdit de précieuses secondes à essayer, sans succès, de l'imiter. Maxwell les suivit et il déboucha dans un corridor au bout duquel un petit escalier de marbre descendait vers la foule des invités.

M. Marmaduke se dirigeait très vite vers l'escalier, suivi à une distance d'environ trois bonds par

Sylvester, puis encore un bond plus loin par Peter Maxwell.

Maxwell tenta d'avertir le Roulant mais il ne trouva pas le souffle et, de toute façon, les événements étaient trop rapides.

Le Roulant trébucha sur la marche supérieure. Maxwell fit un vol plané pour atterrir sur le chat et le ceinturer. Tous deux s'étalèrent sur le sol et ils déboulèrent le long du couloir. Il eut le temps d'apercevoir le Roulant qui rebondissait sur la deuxième marche et commençait à dévaler l'escalier.

Soudain, des cris de femmes effrayées, d'hommes stupéfaits retentirent, accompagnés de bruits de verres cassés. Maxwell eut une vilaine pensée et se dit que Nancy aurait plus de succès qu'elle ne l'avait espéré.

Il s'écrasa contre le mur au bord de l'escalier et, il ne comprit pas comment, Sylvester était installé sur lui, appliqué à lui lécher le visage.

— Sylvester, tu as réussi cette fois-ci. Tu nous as bien mis dans le pétrin.

Sylvester continua à le lécher en ronronnant.

Maxwell repoussa le chat et réussit à s'asseoir contre le mur.

En bas, M. Marmaduke était renversé sur le flanc. Ses roues tournaient dans le vide, et le frottement de celle qui était sur le sol le faisait tourner sur lui-même.

Carol descendit l'escalier en courant et s'arrêta les poings sur les hanches pour regarder Maxwell et Sylvester.

— Tous deux ensemble, s'exclama-t-elle, puis la colère l'étouffa.

— Nous sommes désolés, dit Maxwell.

— L'hôte d'honneur ! Vous pourchassez l'hôte

d'honneur dans les couloirs comme si c'était un élan !

Elle pleurait presque.

— Je vois qu'il est entier. Nous ne lui avons pas fait trop de mal. Je m'attendais à lui trouver le ventre éclaté et toute sa vermine répandue partout.

— Que va penser Nancy? dit Carol avec reproche.

— Je pense qu'elle sera ravie. Il n'y a jamais eu autant d'ambiance à aucune de ses soirées. A part la fois où l'Amphibie du Système Nettle, celui qui soufflait des flammes, a mis le feu à l'arbre de Noël.

— Vous inventez, dit Carol.

— Je vous jure que c'est vrai. J'y étais. J'ai même aidé à éteindre le feu.

En bas, on hissait M. Marmaduke pour le remettre d'aplomb sur ses deux roues. De petits robots serveurs s'affairaient. Ils ramassaient les débris de verres cassés et essuyaient les boissons répandues sur le sol.

Maxwell se releva et Sylvester se rapprocha de lui. Il se frotta contre ses jambes en ronronnant.

Nancy était apparue, elle parlait à M. Marmaduke. Un cercle d'invités s'était formé autour d'eux pour écouter la conversation.

— A votre place, suggéra Carol, je disparaîtrais le plus vite possible. Je ne pense pas que vous soyez très bien accueilli.

— Je crois que si. Je suis toujours le bienvenu ici.

Il commença à descendre l'escalier. Sylvester le suivit d'un pas royal. Nancy se retourna et le vit. Elle traversa le cercle des invités pour venir à sa rencontre.

— Pete ! s'exclama-t-elle. Alors, c'est bien vrai, vous êtes revenu?

— Bien sûr, dit Maxwell.

— Je l'ai lu dans les journaux mais je n'y croyais pas vraiment. Je pensais qu'il s'agissait d'une blague ou d'une mystification.

— Mais, vous m'avez invité !

— Invité?

Il voyait qu'elle ne plaisantait pas.

— Vous voulez dire que vous ne m'avez pas envoyé la Crevette?

— La Crevette?

— Enfin, quelque chose qui ressemblait à une crevette géante.

Elle hocha la tête négativement. Maxwell l'observait et il s'aperçut qu'elle vieillissait. Elle avait au coin des yeux de petites rides que le maquillage n'avait pu camoufler. Cela lui fit un choc.

— Cela ressemblait à une crevette, dit-il. Il m'a dit qu'il vous servait de coursier, que vous m'invitiez, qu'une voiture viendrait me prendre. Il m'a apporté des vêtements parce que, disait-il...

Nancy le coupa :

— Pete, croyez-moi. Je n'ai rien fait de tout cela. Je ne vous ai pas invité mais je suis heureuse que vous soyez ici.

Elle se rapprocha de lui et lui posa la main sur le bras. Elle se retenait pour ne pas rire :

— J'aimerais savoir ce qui s'est passé avec M. Marmaduke.

— Je suis désolé.

— Il n'y a pas de quoi. Il est mon invité et, bien sûr, il faut respecter les invités mais il est épouvantable. Il est profondément ennuyeux et snob et...

— Pas maintenant, lui souffla-t-il.

M. Marmaduke se dirigeait en roulant vers eux. Nancy se tourna vers lui :

— Vous n'avez rien?

— Je vais très bien.

Il se rapprocha de Maxwell et de son corps grassouillet sortit un bras. On aurait dit une corde articulée ou plutôt un tentacule. Au bout du bras, il y avait trois doigts en forme de griffes. Il en entoura l'épaule de Maxwell. Celui-ci eut envie de se dégager mais il se força à rester immobile.

— Merci, monsieur, dit M. Marmaduke. Je vous suis très reconnaissant. Vous m'avez peut-être sauvé la vie. En tombant, je vous ai vu sauter sur l'animal, c'était très courageux de votre part.

Sylvester était toujours collé contre Maxwell. Il leva la tête, et montra les crocs en grondant silencieusement.

— Il ne vous aurait pas fait de mal, dit Carol. Il est aussi doux qu'un petit chat. Si vous ne vous étiez pas enfui, il ne vous aurait pas poursuivi. Il a cru que vous vouliez jouer. Sylvester adore jouer.

Sylvester bâilla, découvrant une magnifique rangée de dents.

— Ce genre de jeux ne m'intéresse pas, dit M. Marmaduke.

— Quand je vous ai vu tomber, dit Maxwell, j'ai eu peur pour vous. J'ai cru que vous alliez éclater.

— Il n'y avait pas de quoi avoir peur. Je suis très résistant. Mon corps est d'excellente qualité. Il est fait d'une matière à la fois ferme et élastique.

Il retira son bras de l'épaule de Maxwell. On aurait dit une corde huileuse qui s'enroulait dans son corps, sans laisser la moindre trace extérieure pour indiquer la cavité.

— Vous m'excuserez, dit M. Marmaduke, j'ai quelqu'un à voir.

Il fit demi-tour et s'éloigna en roulant.

Nancy frissonna :

— Il me donne la chair de poule. Pourtant, il faut le reconnaître, il est très décoratif. N'importe quelle maîtresse de maison ne peut pas s'offrir un Roulant. A vous, je peux le dire, Pete, je me suis donné beaucoup de mal pour l'avoir ce soir et maintenant je le regrette. Il est repoussant.

— Savez-vous ce qui l'amène ici? Je veux dire sur la Terre?

— Non. Je crois que c'est un voyage d'agrément, bien que cela m'étonne beaucoup d'une telle créature.

— Je crois que vous avez raison.

— Pete, racontez-moi. Les journaux...

Il l'interrompit en souriant :

— Je sais, on dit que je suis revenu de chez les morts.

— Mais, c'est faux. Je sais que c'est impossible. Qui donc a été enterré? Tout le monde était à l'enterrement. Nous pensions tous que c'était vous qui étiez mort, mais cela n'est pas possible.

— Nancy, je ne suis rentré qu'hier. J'ai appris ma propre mort. J'ai trouvé mon appartement loué, je n'ai plus de travail et...

— C'est impossible. Ces choses-là n'existent pas. Je ne comprends pas.

— Moi non plus. Je pense que je saurai tout un peu plus tard.

— De toute façon vous êtes là. Si vous ne voulez pas en parler, je vais faire passer la consigne.

— Je ne crois pas que vous réussirez.

— N'ayez pas peur des journalistes, il n'y en a pas. Avant, j'en invitais toujours quelques-uns mais finalement, on ne peut faire confiance à aucun d'eux. Je l'ai découvert à mes dépens.

— J'ai entendu dire que vous possédiez un tableau?

— Vous êtes au courant? Je vais vous le montrer.

Il n'y a rien de plus beau, pensez donc, un Lambert ! En plus, il avait disparu. Je vous raconterai tout plus tard, mais je ne vous dirai pas combien je l'ai payé. C'est un secret, j'en ai honte.

— Beaucoup, ou peu?

— Beaucoup. J'ai fait très attention, on se fait si facilement rouler, je l'ai fait examiner par un expert. En fait, j'en ait fait venir deux, le second pour vérifier ce qu'avait dit le premier.

— Il n'y a aucun doute possible? C'est bien un Lambert?

— Aucun doute. Moi-même, j'en étais presque certaine. Personne n'a jamais peint comme lui, mais, cela aurait pu être un faux et je devais m'en assurer.

— Que savez-vous de Lambert? Que connaissez-vous de lui qu'on ne trouve pas dans les livres?

— Rien sur l'homme lui-même. Pourquoi cette question?

— Parce que vous montrez un tel enthousiasme !

— Voyons ! Avoir découvert un Lambert suffit pour cela ! J'avais déjà deux œuvres de lui mais celle-ci, c'est spécial. Le tableau avait disparu. En fait, personne n'en avait jamais eu connaissance. Et en plus, il s'agit d'une de ses œuvres de la période grotesque, il est impensable qu'on ait pu l'égarer. Ce serait un de ses premiers tableaux, ce serait compréhensible.

Ils traversèrent la pièce.

— Le voilà, dit Nancy.

Ils s'étaient frayé un passage au travers du petit groupe d'invités qui regardait le tableau. Maxwell pencha la tête pour mieux le voir.

C'était différent de ce qu'il avait vu le matin dans le livre. Sans doute était-ce à cause des dimensions du tableau et de l'éclat des couleurs qui rendaient moins bien sur les planches de couleur à la bibliothèque. Mais, ce n'était pas tout. Les créatures et le paysage étaient différents. Le paysage était plus terrestre avec ses collines grises, sa végétation de broussailles brunes, ses arbres rabougris qui ressemblaient à des fougères. Sur une colline, avançaient en ligne des créatures qui auraient pu être des Gnomes. Au pied d'un arbre, dormait une sorte de Lutin, son chapeau enfoncé sur les yeux. Et puis, partout des êtres effrayants, avec des visages et des corps obscènes.

Maxwell sursauta, il s'avança d'un pas, s'arrêta et demeura immobile devant le tableau, essayant de ne pas se trahir.

Il était impossible que personne d'autre ne l'ait remarqué. Peut-être que si quelqu'un l'avait vu, il avait pensé que ce n'était pas la peine d'en parler ou bien il n'en avait pas été sûr et avait préféré se taire.

Pour Maxwell, cela ne faisait aucun doute. La petite protubérance qu'il distinguait au sommet d'une des collines était bien l'Artifact.

XV

Maxwell trouva un recoin isolé. Deux chaises protégées par une immense plante dans un pot en marbre. Il n'y avait personne et il s'y installa.

La soirée commençait à tirer à sa fin. Les derniers invités étaient moins bruyants. Maxwell décida que si une personne encore lui demandait ce qui lui était arrivé, il lui enverrait son poing sur la figure.

« Je leur expliquerai, avait-il dit à Carol la veille au soir. Je leur expliquerai, encore et encore. » C'est ce qu'il avait fait, sans beaucoup de vérité et personne ne l'avait cru. Ils avaient pensé qu'il était ivre ou qu'il se moquait.

En fait, c'était de lui qu'on s'était moqué. Il avait été invité, mais pas par Nancy, elle ne lui avait pas envoyé de vêtements. Elle n'avait jamais demandé à personne de le prendre en voiture et de le déposer derrière pour qu'il tombe sur le Roulant. Et certainement que les chiens ne lui appartenaient pas non plus.

Quelqu'un s'était donné beaucoup de mal pour que le Roulant s'entretienne avec lui. Tout était tellement rocambolesque, que c'en était ridicule. Malgré cela, il pensait à toute cette histoire comme à quelque chose de très sérieux.

Le verre à la main, il écoutait les bruissements de la soirée qui se terminait.

Il jeta un coup d'œil de l'autre côté de la plante. Il ne réussit pas à voir le Roulant qui pourtant avait été là pendant une grande partie de la soirée.

Il avait un peu trop bu, il ne voulait plus de son verre. En fait il n'avait pas tellement bu mais les gens et l'atmosphère ne lui convenaient pas. Il se sentait fatigué. Il s'accorda encore un instant avant de se lever pour saluer Nancy et rentrer chez Oop.

Mais demain, que ferait-il? Il préférait ne pas penser à tout ce qu'il aurait à faire.

Il versa le contenu de son verre dans le bac à fleurs.

— A ta santé! dit-il à la plante.

En prenant garde de ne pas perdre l'équilibre, il posa son verre sur le sol.

— Sylvester, appela une voix, vois-tu qui est là?

Maxwell se retourna et de l'autre côté de la plante, il vit Carol et Sylvester. Il les invita :

— Entrez donc, j'ai trouvé une cachette. Si vous êtes très sages tous les deux...

Carol l'interrompit:

— Je vous ai cherché toute la soirée. J'aimerais bien savoir ce qui vous a pris à tous les deux de poursuivre le Roulant?

Elle pénétra davantage dans le recoin, attendant la réponse.

— Votre surprise n'a pas été plus grande que la mienne, dit Maxwell. L'irruption de Sylvester m'a coupé le souffle. Je ne pensais pas du tout...

Carol le coupa sèchement :

— Je suis beaucoup demandée. Pas pour moi, bien sûr, mais pour Sylvester. C'est un bon sujet de conversation.

— Eh bien, tant mieux pour vous, vous marquez un point. Moi, je n'étais pas invité.

— Mais vous êtes tout de même venu.

— Oui, mais ne me posez pas de questions, cela m'ennuierait de vous expliquer.

— Sylvester se tient toujours très bien, lui dit-elle avec reproche. Il est quelquefois un peu glouton, mais toujours bien élevé.

— Oh, je sais, dit Maxwell, j'ai une mauvaise influence sur tout le monde.

Carol contourna la plante et vint s'installer sur l'autre chaise :

— Allez-vous me répondre? demanda-t-elle.

— Je ne crois pas que je le puisse. C'est un peu compliqué.

— Je n'ai jamais vu personne d'aussi énervant. Vous n'êtes vraiment pas chic.

— Au fait, avez-vous vu le tableau? demanda-t-il.

— Bien sûr. C'était le clou de la soirée, avec le Roulant.

— Vous n'avez rien remarqué d'anormal?

— Anormal?

— Oui, quelque chose sur le tableau?

— Non, je ne crois pas.

— Sur la colline. Un petit cube noir. On aurait dit l'Artifact.

— Je n'ai rien vu. Je n'ai pas regardé d'assez près.

— Vous avez vu les Gnomes?

— Oui, je les ai remarqués. En tout cas, cela ressemblait à des Gnomes.

— Et les autres créatures, elles étaient différentes.

— Différentes? De quoi?

— De celles que Lambert avait l'habitude de peindre.

— Je ne savais pas que vous vous y connaissiez si bien.

— J'ai été ce matin à la bibliothèque quand j'ai su que Nancy donnait cette soirée. J'ai cherché un livre avec des reproductions de peintures de Lambert.

— Mais quelle importance que les créatures soient différentes? Un peintre a bien le droit de peindre ce qu'il veut.

— Bien sûr, mais là n'est pas la question. Ce tableau représente la Terre, en tout cas, s'il s'agit bien de l'Artifact. Mais ce n'est pas la même Terre que celle que nous connaissons, peut-être est-ce celle de l'ère jurassique.

— Et alors ? Vous ne croyez pas que les autres œuvres représentent aussi la Terre? A l'époque de Lambert, on ne pouvait peindre rien d'autre. Il n'y avait pas de voyages dans l'espace, sauf vers la Lune et Mars.

— Il y avait les voyages de l'imagination, dit Maxwell. Des voyages dans l'espace et dans le temps. Les peintres ne connaissent pas les contraintes de la durée et de l'espace. Tout le monde croyait bien sûr, que Lambert peignait ce qu'il voyait en imagination. Ce soir, je me demande s'il ne s'agit pas de créatures et de scènes qu'il a vraiment vues.

— Vous avez peut-être raison, mais comment se serait-il rendu dans ces lieux-là? L'histoire de l'Artifact est passionnante mais...

Maxwell la coupa :

— Oop en parle tout le temps. Il se souvient de l'époque de Néanderthal. Les Lutins, les Trolls, tous les Petits Hommes existaient. Mais il dit qu'il y en avait d'autres, plus malfaisants. Les hommes en avaient une peur bleue.

— Et vous pensez que certaines des créatures

peintes par Lambert seraient celles dont parle Oop?

— J'y pensais. Je me demande si Nancy verrait un inconvénient à ce que je revienne demain avec Oop. Il pourrait voir le tableau.

— Ce n'est pas la peine. J'en ai pris des photos.

— Mais, vous...

— Je sais que cela ne se fait pas mais j'ai demandé à Nancy son autorisation. Je n'ai pas l'intention de revendre les clichés, c'est simplement pour mon plaisir personnel. C'est peut-être pour me dédommager d'avoir amené Sylvester. Nancy a compris le marché et elle ne pouvait s'y opposer. Si vous voulez montrer les photos à Oop...

— Vous seriez d'accord?

— Bien sûr. Et, je vous en prie, pas de remarques. En prenant les photos, je suis quitte.

— Quitte? avec Nancy?

— Pas spécialement. Avec tous ceux qui m'invitent à leurs soirées. En fait, c'est Sylvester qu'ils invitent, comme si c'était un ours savant.

— Je crois comprendre.

— Il savent que je vois très bien dans leur jeu et ils continuent à m'inviter, c'est plutôt gentil.

— Oui.

— Si nous voulons montrer les photos à Oop, il serait temps de partir, la soirée est terminée. Vous ne voulez vraiment pas me dire ce qui s'est passé avec le Roulant?

— Peut-être plus tard.

Ils se levèrent et se dirigèrent vers la porte au milieu des invités de moins en moins nombreux.

— Nous devrions dire au revoir à Nancy, suggéra Carol.

— Une autre fois. Nous lui enverrons un mot pour lui dire que nous n'avons pas réussi à la trouver, que sa soirée était merveilleuse, comme toujours, que nous avons adoré son tableau, qu'elle a vraiment été épatante de le découvrir et que...

Carol le coupa :

— Arrêtez de faire le pitre, vous en faites trop, cela ne vous va pas.

— Je sais, mais je continue à essayer.

Ils arrivèrent à la porte et commencèrent à descendre le grand escalier qui menait au chemin.

— Professeur Maxwell ! appela une voix.

Maxwell se retourna. Churchill arrivait derrière eux.

— Un instant, Maxwell, s'il vous plaît.

— Qu'y a-t-il, Churchill?

— Un mot seulement, si Mademoiselle me permet.

— Je vous attends en bas, dit Carol.

— Ne vous dérangez pas, dit Maxwell. Je vais l'expédier.

— Mais non, je vous attends, je ne veux pas d'histoires.

Maxwell attendit Churchill qui descendait en courant. Il empoigna Maxwell par le bras, le souffle un peu court :

— J'ai essayé de vous approcher toute la soirée. Vous étiez toujours entouré d'une foule.

— Que voulez-vous?

— Il ne faut pas faire attention au Roulant, dit Churchill. Il ne connaît pas nos usages. Je ne connais pas ses projets, en fait, je lui avais demandé d'y renoncer.

— Vous voulez dire que vous étiez au courant? Vous saviez qu'il voulait me parler?

— Je lui ai dit de ne pas le faire. Je lui ai conseillé de vous laisser tranquille. Je suis navré, Professeur Maxwell. Croyez bien que j'ai fait de mon mieux.

Maxwell agrippa Churchill par le devant de sa chemise et le tira violemment à lui:

— Ainsi, vous travaillez pour le Roulant ! Vous êtes son prête-nom, c'est vous qui avez fait l'offre pour l'Artifact, et c'était en son nom !

— Ce que j'ai fait, ne regarde que moi. Je fais mon métier. Je représente les personnes.

— Les Roulants ne sont pas des personnes, ce ne sont que des tas de vermine. Nous ne savons rien d'autre à leur sujet.

— Le Roulant a le droit de faire des affaires, protesta Churchill.

— Et vous, vous avez le droit de l'y aider et de gagner de l'argent, mais attention à la façon dont vous le gagnez. Et que je ne vous rencontre plus sur ma route.

Il repoussa Churchill qui perdit l'équilibre et tomba. Il dévala ainsi plusieurs marches, réussit à se rattraper et demeura étendu sans faire le moindre effort pour se relever.

— J'aurais dû vous jeter en bas de l'escalier et vous rompre le cou. J'en avais le droit ! vociféra Maxwell.

Il se retourna et remarqua sur le seuil un petit groupe d'invités qui l'observaient en chuchotant.

Il fit demi-tour et descendit dignement l'escalier.

En bas, Carol retenait désespérément le chat fou furieux.

— J'ai bien cru qu'il allait s'échapper pour le déchiqueter, souffla-t-elle.

Elle regarda Maxwell avec une moue de dégoût :

— Vous arrive-t-il de bien vous entendre avec quelqu'un?

[illegible]

XVI

Maxwell quitta la chaussée roulante à l'endroit où elle croisait le Hound Dog Hollow. Il resta un moment à contempler les pentes rocheuses et les sommets dénudés des falaises. Un peu au-dessus du gouffre, il vit, à travers les feuillages rouges et jaunes l'escarpement du Cat Den Point. Là-haut, perché sur le plus haut sommet, il trouverait le château des Lutins et, tapi dans la nature sauvage, le pont des Trolls.

Il était encore tôt car il s'était mis en route bien avant l'aube. L'herbe était recouverte d'une légère rosée qui scintillait. Dans l'air, flottait une légère senteur de vin et le ciel était si pâle qu'il semblait ne pas avoir de couleur.

Maxwell emprunta le pont à grandes arches qui enjambait la double chaussée et, de l'autre côté, il trouva un chemin qui menait en haut du gouffre.

Il traversa un paysage féerique et il fit attention à ne faire aucun bruit ou mouvement brusque qui aurait pu briser le silence de la forêt. Les feuilles mortes se détachaient des arbres et tombaient en planant tout comme des ailes de couleur. Devant lui, une souris courut dans les feuilles mortes avec un léger crissement. Haut dans le ciel, un geai cria mais son cri perdit de sa dureté habituelle, étouffé par les arbres.

Devant Maxwell, le chemin bifurqua. A gauche, il continuait à remonter le long du gouffre tandis qu'à droite, il se dirigeait vers la falaise. Il s'engagea sur celui de droite. Il savait ce qui l'attendait. Une escalade longue et pénible. Mais il avait l'intention de prendre son temps et de s'arrêter souvent pour se reposer. Ce serait honteux de ne pas profiter d'un beau jour comme celui-ci.

Le chemin était raide et sinueux pour contourner les gros blocs qui le parsemaient, à moitié enfoncés dans le sol et recouverts d'une barbe de lichen. Les troncs d'arbre étaient proches les uns des autres, l'écorce sombre d'un vieux chêne côtoyait la blancheur nacrée des bouleaux avec ses petites blessures grises là où l'écorce était arrachée et flottait dans le vent.

Maxwell progressait lentement, s'arrêtant souvent pour jouir de cette magnifique journée d'automne et de tout ce qu'elle offrait. Il atteignit enfin la pelouse aux Fées où l'avion de Churchill s'était écrasé. Et là-bas, en haut de la colline, un chemin menait au château des Lutins.

Il s'arrêta un moment sur la pelouse pour se reposer puis il reprit sa marche. Dobbin — ou un autre cheval lui ressemblant beaucoup — était occupé à brouter l'herbe rare d'un pâturage entouré d'une clôture. Quelques pigeons voletaient autour du château, mais il n'y avait aucun autre signe de vie.

Soudain, le silence fut rompu par des hurlements. Un groupe de Trolls se précipita en courant par la grille du château. Ils couraient sur trois rangs et chaque rang portait une corde sur l'épaule, tout à fait comme les bateliers de la Volga. Ils s'engagèrent sur le pont-levis et Maxwell put voir qu'ils tiraient au bout de leurs cordes une énorme pierre taillée. Elle rebondissait derrière eux et elle provoqua un vacarme assourdissant en heurtant le pont-levis.

Le vieux Dobbin se mit à hennir furieusement et à galoper dans tous les sens.

Les Trolls descendaient lourdement le chemin. Leurs dents paraissaient plus brillantes, leur peau plus brune, leur cheveux plus hérissés qu'à l'ordinaire. La pierre soulevait derrière eux d'énormes nuages de poussière.

Une foule de Lutins se jeta à leur poursuite, armés de gourdins, de fourches et de tout ce qu'ils avaient pu dénicher.

Maxwell se retira du chemin pour laisser passer les Trolls Ils couraient en silence et d'un pas décidé, toutes leurs forces conjuguées pour tirer la pierre. Ils étaient poursuivis par les cris de guerre et les imprécations des Lutins à la tête desquels courait M. O'Toole violet de colère, un morceau de bois à la main.

Juste devant Maxwell, le chemin plongeait brusquement vers la pelouse aux Fées. Quand la pierre arriva en haut de l'escarpement, elle fit un énorme bond, les cordes qui la retenaient cinglèrent l'air et elle dévala la pente.

Un des Trolls se retourna et poussa un cri, les autres lâchèrent tous les cordes et se dispersèrent. Pendant ce temps, la pierre prenait de la vitesse et déchiquetait le sol pendant sa course folle. Finalement, elle atteignit la pelouse, y creusa un grand trou, rebondit une dernière fois et ralentit, labourant le gazon pour s'arrêter finalement contre un grand chêne blanc à l'extrémité de la pelouse.

Les Lutins se précipitèrent en hurlant dans la pente à la poursuite des Trolls. Ils se disséminèrent dans les fourrés pour les y dénicher. Bientôt, des cris de frayeur et de rage retentirent sur toute la colline, mêlés aux bruits de luttes dans les broussailles.

Maxwell se dirigea vers la clôture de l'autre côté du chemin. Le vieux Dobbin était calmé, sa mâchoire posée sur un piquet comme s'il lui avait fallu un support. Il regardait en contrebas.

Maxwell lui caressa le cou et lui tira doucement l'oreille. Dobbin coula un œil doux dans sa direction et souleva la lèvre supérieure.

— J'espère bien, lui dit Maxwell, qu'ils ne comptent pas sur toi pour remonter la pierre.

Dobbin secoua paresseusement une oreille.

— Je ne crois pas que tu auras à le faire. Si je ne me trompe pas, O'Toole va attraper les Trolls et les y forcer.

Les clameurs s'étaient tues et M. O'Toole apparut en soufflant en haut de la pente, son morceau de bois sur l'épaule. Il était encore violet mais sans doute plus d'épuisement que de rage. Il se dirigea vers la clôture et Maxwell s'avança à sa rencontre.

— Je vous prie de m'excuser, dit M. O'Toole aussi dignement qu'il le put. Je vous ai vu et votre visite m'a fait plaisir, mais j'étais fort occupé. Vous avez sans doute assisté à cet incident lamentable?

Maxwell acquiesca.

— Ils m'ont volé ma pierre de monte, pesta M. O'Toole pour me mettre à pied.

— A pied?

— Vous n'avez pas l'air de bien me comprendre. Ils m'ont volé ma pierre de monte, celle sur laquelle je dois grimper pour pouvoir enfourcher le vieux Dobbin. Sans pierre, plus de cheval et je dois me traîner à pied, ce qui est à la fois épuisant et douloureux.

— Je vois.

— Ces sales Trolls, rien ne les arrête. Après la pierre, ce sera le château. Ils le démoliront jusqu'à ce qu'il ne reste plus que la roche sur laquelle il est bâti. C'est pourquoi, il faut agir vite.

Maxwell fit un geste en direction de la pente :

— Comment cela s'est-il terminé?

— Nous les avons levés comme des cailles. Nous les attrapons et les harnachons comme des mules — auxquelles ils ressemblent de façon frappante — et ils vont me remettre ma pierre là où ils l'ont trouvée.

— Ils se vengent de ce que vous avez démoli leur pont.

M. O'Toole sautilla sur place, hors de lui.

— Vous vous trompez, cria-t-il. Retenus par une pitié mal placée, nous ne l'avons absolument pas démoli. Nous avons tout juste enlevé une ou deux minuscules pierres. Ensuite, ils ont retiré le sort qu'ils avaient jeté au manche à balai puis celui de la douce bière d'Octobre et nous, pauvres âmes, vous voyez où nous en sommes...

— Ils ont retiré le sort de la bière d'Octobre? Je pensais qu'à partir du moment où certains changements chimiques s'étaient opérés, il était impossible...

M. O'Toole l'interrompit, le regardant d'un air méprisant :

— Vous employez un jargon scientifique qui n'exprime que niaiseries. Je ne puis comprendre pourquoi vous vous perdez dans toute cette science alors que nous pourrions, si vous nous le demandiez, vous apprendre toute notre magie. Encore faudrait-il que vous ayez soif de savoir. Toutefois, je dois l'admettre, la bière a conservé un léger goût de moisi. Mais c'est toujours mieux que pas de bière du tout. Voulez-vous m'accompagner pour la goûter?

— C'est la proposition la plus agréable de la journée.

— Alors, allons-y. Allons dans ces pièces remplies de courants d'air que vous autres humains nous avez construites. Vous pensiez que nous rafolions des ruines et nous régalions de chopes de bière mousseuse et réconfortante !

Dans la grande salle du château, M. O'Toole remplit deux grandes chopes à un énorme tonneau posé sur deux tréteaux et il les porta à la table, devant la grande cheminée de pierre où fumait un mauvais feu.

— Ce qui est honteux, dit M. O'Toole en soulevant sa chope, c'est que l'incident de ma pierre de monte s'est produit un jour où les Lutins sont en veillée funèbre.

— Je suis désolé, je n'avais pas remarqué.

— Oh, il ne s'agit d'aucun d'entre-nous, se hâta de préciser le Lutin, nous avons tous une santé excellente. La veillée est pour le Banshee.

— Mais, il n'est pas mort !

— Non, mais il est en train de mourir et c'est bien triste. Il était le dernier d'une race digne et noble qui vivait ici. Et ceux qui vivent encore dans le monde se comptent sur les doigts de la main.

Il leva sa chope et y plongea sa trogne pour boire la bière gloutonnement. Il la reposa. Sa moustache était pleine de mousse qu'il ne se donna pas la peine d'essuyer.

— Nous disparaissons, dit-il d'une voix sépulcrale. La planète a changé. Nous tous, les Petits Hommes et quelques autres, nous enfonçons dans la vallée de l'oubli. Je frémis quand j'y pense car, malgré nos erreurs, nous avons été valeureux. Même les Trolls possédaient autrefois quelques qualités, et pourtant aujourd'hui il ne leur en reste absolument rien, le vol de ma pierre le prouve bien.

Il porta de nouveau la chope à ses lèvres et la vida à grands traits. Il la reposa brusquement sur la table et regarda celle de Maxwell qui était encore pleine.

— Buvez et j'irai les remplir.

— Allez remplir la vôtre. C'est une honte de boire de cette façon. Il faut déguster la bière pour l'apprécier.

M. O'Toole haussa les épaules :

— Je sais que je suis un porc mais ce n'est que de la bière désenchantée.

Il se leva pour remplir sa chope, en traînant les pieds. Maxwell but une gorgée de bière; elle avait un arrière-goût, un peu comme une odeur de feuilles brûlées.

— Alors? demanda le Lutin.

— Elle a un drôle de goût, mais elle est agréable.

— Un de ces jours, je vais démolir leur pont, s'exclama M. O'Toole dans un brusque accès de colère. J'en retirerai toutes les pierres, après les avoir bien débarrassées de leur mousse pour leur ôter tout pouvoir magique. Puis, avec un marteau, je les briserai en petits morceaux que j'éparpillerai du haut de la grande falaise. Mais, ce serait trop de travail... Pourtant, c'est bien tentant. Cette bière aurait été la plus douce et la plus sucrée depuis longtemps, et maintenant, elle est tout juste bonne pour les cochons. Mais c'est encore de la bière et ce serait un péché de la gaspiller.

Il attrapa sa chope et la vida d'un long trait. Maxwell pouvait voir sa pomme d'Adam qui montait et descendait pendant qu'il buvait.

— Et puis, ajouta-t-il, si j'abîme trop leur satané pont et que ces poltrons en réfèrent aux autorités, vous autres, Humains, me forcerez à donner des explications et c'est injuste. Il n'y a aucune dignité à vivre selon la loi, et en plus c'est triste. Maudit soit le jour où la race humaine est apparue sur cette Terre !

Maxwell était ému :

— Mon ami, c'est la première fois que vous me parlez ainsi.

— Vous êtes le seul Humain à qui je puisse dire ce que je pense. Mais j'ai peur d'avoir été trop bavard.

— Vous savez très bien que je ne soufflerai mot de ce que vous m'avez dit.

— Bien sûr, il ne s'agit pas de cela. Aucun Humain ne peut être aussi proche des Lutins que vous.

— J'en suis honoré.

— Nous sommes vieux. Nous existons depuis beaucoup plus longtemps que ne peut le concevoir l'esprit humain. Etes-vous sûr de ne pas vouloir jeter cette horrible boisson et vous en servir une fraîche?

Maxwell fit signe que non :

— Allez vous servir. Je préfère déguster plutôt que boire d'un trait.

M. O'Toole retourna au tonneau et revint, sa chope pleine à ras bord à la main. Il la posa sur la table et s'installa confortablement.

— Autrefois, il y a très longtemps... soupira-t-il en hochant la tête. Et puis, un jour est apparu un affreux petit primate qui a tout gâché...

— Est-ce que vous parleriez d'une époque aussi reculée que l'ère jurassique?

— Je ne comprends rien à votre charabia mais à l'époque nous étions très nombreux et de toutes sortes. Aujourd'hui, nous sommes bien peu et beaucoup d'espèces ont disparu. Nous disparaissons lentement mais inexorablement et le jour viendra où vous autres Humains aurez la Terre à vous tout seuls.

— Vous êtes excédé, lui dit doucement Maxwell, vous savez bien que nous ne désirons pas cela. Nous avons fait trop d'efforts...

M. O'Toole le coupa :

— Des efforts d'amour?

— Oui, j'irai jusque-là.

Des larmes silencieuses se mirent à couler le long des joues du Lutin. Il les essuya de sa main rugueuse et velue.

— Il ne faut pas faire attention, dit-il à Maxwell. C'est l'histoire du Banshee qui me rend mélancolique.

— Il était votre ami?

— Non. Une barrière nous séparait. C'était un vieil ennemi mais il était des nôtres, un des plus vieux. Il s'est cramponné davantage que les autres et il meurt courageusement. Tous les autres sont déjà morts. Un jour comme aujourd'hui, les différends s'estompent. Nous ne pouvons nous permettre de l'assister en ses derniers instants, mais nous lui accordons le tout petit honneur d'une veillée à son intention. Et ces immondes Trolls, qui n'ont aucune idée de ce qu'est l'honneur...

— Vous voulez dire que personne dans toute la réserve ne peut rester auprès du Banshee?

M. O'Toole acquiesça avec lassitude :

— Personne. Ce serait contraire à nos lois, ce serait violer les traditions. Vous ne pouvez pas comprendre, une barrière nous sépare.

— Mais il est seul.

— Il est dans un buisson d'épines, à côté de la hutte où il vivait.

— Un buisson d'épines?

— Dans le buisson, dans l'arbre lui-même.

Le Lutin s'étrangla et porta la chope à ses lèvres. Sa pomme d'Adam remua.

Maxwell saisit dans sa poche la photo du tableau de Lambert :

— M. O'Toole, je voudrais vous montrer quelque chose.

Le Lutin reposa sa chope de bière :

— Faites voir. Toutes ces parlotes, quand vous aviez quelque chose d'important !

Il prit la photo pour l'observer :

— Je reconnais les Trolls, bien sûr, mais pas les autres. Il me semble que je les connais, mais je n'arrive pas à me souvenir. Je me rappelle de très vieilles histoires.

— Oop a vu cette photo. Vous savez qui est Oop, bien sûr?

— Oui, le grand sauvage qui dit être votre ami.

— Il l'est. Il se souvient de ce que vous voyez. Il l'a vu autrefois.

— Mais par quel miracle en a-t-on fait une photo?

— Ceci est la photo d'un tableau peint il y a très longtemps.

— Mais comment?...

— Je ne sais pas. Je pense que le peintre a été là-bas.

M. O'Toole souleva sa chope et s'aperçut qu'elle était vide. Il trottina jusqu'au tonneau pour la remplir. Il revint avec la bière et recommença à étudier la photo, en plissant les yeux.

— Je ne sais pas, dit-il finalement. Il y avait beaucoup d'autres Petits Hommes, dont la plupart n'existent plus. Nous sommes les derniers d'une noble race.

Il fit glisser la photo sur la table :

— Peut-être que le Banshee pourrait vous renseigner. Son âge est impossible à calculer, tant il est vieux.

— Mais le Banshee se meurt.

— Oui, et c'est un bien triste jour pour lui. Il n'y a personne pour le veiller.

Il leva sa chope de bière :

— Buvez. Si on en boit suffisamment, elle n'est pas si mauvaise.

XVII

Maxwell contourna la hutte à moitié écroulée et aperçut le buisson d'épines. L'arbre était bizarre. Une sorte de nuage flottait, accroché sur son flanc, et lui faisait un énorme tronc duquel sortaient deux branches fines et épineuses. Si M. O'Toole avait dit vrai, le nuage devait être le Banshee moribond.

Il s'arrêta à quelques mètres de l'arbre. Le nuage était sans cesse mobile, comme l'est une volute de fumée.

— Etes-vous le Banshee? demanda-t-il à l'arbre.

— Il est trop tard si vous voulez me parler, répondit le Banshee.

— Je ne suis pas venu parler mais pour rester auprès de vous.

— Alors, asseyez-vous. Vous n'en aurez pas pour longtemps.

Maxwell s'assit sur le sol, les genoux ramenés près de la poitrine, les mains posées à plat sur l'herbe jaunie et desséchée. En contrebas, la vallée s'étendait jusqu'aux lointaines collines qui bordaient le fleuve au nord, des collines douces qui s'élevaient comme un escalier vers le ciel.

Une rafale souffla et un vol de merles traversa la

brume bleue qui flottait au bord du ravin. On entendit les battements des ailes puis le silence régna de nouveau.

— Les autres ne sont pas venus, dit le Banshee. D'abord, j'ai pensé qu'ils viendraient peut-être, les distinctions doivent être abolies, nous sommes tous rabaissés au même niveau. Mais les vieilles traditions demeurent.

— J'ai vu les Lutins, dit Maxwell, ils observent une veillée. O'Toole noie son chagrin dans la boisson.

— Vous ne faites pas partie des miens, vous êtes un intrus, pourtant vous m'avez dit que vous veniez me tenir compagnie. Comment cela se fait-il?

Maxwell mentit. Il ne pouvait faire autrement, il ne pouvait avouer à cette ombre mourante qu'il était venu pour obtenir des renseignements.

— J'ai travaillé avec les vôtres, dit-il, et je leur suis très attaché.

— Vous êtes le fameux Maxwell. J'ai entendu parler de vous.

— Comment vous sentez-vous? Avez-vous besoin de quoi que ce soit?

— Je n'ai plus de besoins. Je ne ressens pratiquement rien et c'est cela qui est ennuyeux. Ma mort est différente de la vôtre, elle est à peine physique. Les forces me quittent et finalement il ne reste rien de moi. Un peu comme une lumière vacillante qui s'éteindrait.

— Je suis navré. Si les discours risquent de hâter...

Le Banshee l'interrompit :

— Peut-être un peu mais cela n'a plus d'importance. Je ne regrette rien. Je suis pour ainsi dire le dernier Banshee. Nous sommes encore trois, et moi, je ne compte plus. Sur les milliers que nous étions, il n'en reste que deux.

— Mais il y a les Lutins, les Trolls, les Fées...

— Vous ne comprenez pas. Personne ne vous a jamais rien dit et vous n'avez jamais posé la question. Ceux que vous venez d'énumérer sont beaucoup plus récents, ils sont venus après nous, alors que la planète n'était déjà plus si jeune. Vous savez sûrement que nous fûmes les colonisateurs?

— Je commençais à m'en douter depuis ce matin.

— Vous auriez dû le savoir, vous êtes allé sur la vieille planète.

Maxwell sursauta :

— Comment le savez-vous?

— Et vous comment respirez-vous? Pour moi, communiquer avec la vieille planète est aussi naturel que pour vous respirer ou voir. On ne me dit rien, je le sais.

Subitement, Maxwell comprit. La source de renseignements du Roulant était le Banshee. C'était sûrement Churchill qui avait averti le Roulant que le Banshee était peut-être au courant de quelque chose d'extraordinaire.

— Et les autres, les Trolls, les...?

Le Banshee interrompit Maxwell :

— Ils n'étaient pas concernés. Nous seuls étions les liens avec la vieille planète. Quand la vieille planète installa des colonies, il fallut installer un système de communication et c'était notre spécialité, même si aujourd'hui les spécialités ne veulent plus rien dire. Les premiers colonisateurs étaient des spécialistes, les autres ne sont venus après que pour remplir le pays.

— Vous voulez dire les Trolls et les Lutins?

— Eux et tous les autres. Bien sûr, ils étaient capables mais ils n'étaient que les ouvriers, nous étions les concepteurs. C'est pour cela qu'ils ne sont pas là pour me veiller. Le fossé demeure.

— Vous vous épuisez, vous devriez garder vos forces.

— Cela n'a pas d'importance. Les forces me quittent et quand je n'en aurai plus, la vie aussi m'aura quitté. Cette mort que je vis n'a pas de rapport avec la matière, avec le corps, car je n'en ai jamais vraiment eu. Cela m'est égal car la vieille planète elle aussi est en train de mourir. Vous l'avez vue.

— Oui.

— Tout aurait été tellement différent s'il n'y avait eu les Humains. Quand nous sommes venus sur la Terre, il n'y avait qu'un primate, nous aurions pu empêcher son ascension, nous aurions pu étouffer la race dans l'œuf. Nous en avons discuté car cette planète nous était apparue pleine de possibilités et nous ne voulions pas avoir à l'abandonner. Mais nous avions une loi, l'intelligence est trop rare pour qu'on se permette d'entraver son développement. L'intelligence est précieuse. Même lorsque nous nous en sommes écartés avec dégoût, nous l'avons toujours considérée comme telle.

— Vous vous êtes peut-être écartés mais vous êtes restés.

— Il était trop tard, nous ne pouvions plus aller nulle part. La vieille planète était mourante, nous ne pouvions y retourner. Et aussi étrange que cela paraisse, cette planète-ci est devenue la nôtre.

— Vous devez détester les Humains?

— Il y eut un temps où nous les détestions. Je pense que la haine demeure, elle ne peut disparaître d'un coup. Mais même dans notre haine, nous avons toujours ressenti une certaine fierté à votre égard. Autrement, comment expliqueriez-vous que la vieille planète vous ait offert le savoir qu'elle possède?

— Mais, vous l'avez aussi offert au Roulant.

— Le Roulant? Ah oui, je vois de qui vous parlez. Nous ne lui avons pas vraiment offert. Il avait entendu parler de la vieille planète. Sans doute un bruit qui court dans l'espace très lointain. Il avait entendu dire que la planète possédait quelque chose qu'elle était prête à vendre. Il est venu me voir et ne m'a posé qu'une question. Il m'a demandé le prix. Je ne sais pas s'il savait même ce qui était à vendre.

— Et vous lui avez dit que le prix en était l'Artifact?

— Bien sûr, car à ce moment-là, je ne connaissais pas votre existence. Ce n'est que plus tard que j'ai été averti que j'aurais à vous indiquer le prix de la vente.

— Et, bien entendu, vous alliez le faire?

— Oui. Maintenant je l'ai fait et ma mission est terminée.

— Pouvez-vous me dire encore une chose? Qu'est-ce que l'Artifact?

— Je ne peux pas vous le dire.

— Vous ne pouvez pas ou vous ne voulez pas?

— Je ne veux pas.

Vendue, la race humaine était vendue, se dit Maxwell. Par cette chose moribonde qui, malgré ses dires, n'avait jamais eu l'intention de lui indiquer le prix réclamé par la planète de cristal. Cette chose qui depuis des millénaires avait nourri une haine froide envers la race humaine. Et maintenant qu'il était hors de toute atteinte, le Banshee lui parlait et se moquait de lui afin qu'il sache bien de quelle façon l'humanité avait été vendue, pour que tous les Humains sachent ce qui s'était passé.

— Et vous avez aussi parlé de moi au Roulant, dit-il. C'est pour cela que Churchill m'attendait à la gare. Il m'a dit qu'il rentrait de voyage, mais c'était faux.

Il se releva, furieux :

— Et l'autre moi, celui qui est mort?

Il se tourna vers l'arbre mais celui-ci était vide, le nuage avait disparu. Les branches se tendaient nettes et nues vers le ciel.

Le Banshee n'était pas mort, il s'était évanoui. La substance d'une créature élémentaire était retournée aux éléments. Les liens invisibles qui lui avaient permis de vivre s'étaient finalement relâchés et le Banshee avait coulé dans l'air comme une pincée de poudre.

Vivant, le Banshee n'avait pas été facile à côtoyer, sa mort n'avait rien changé. Pendant un instant, Maxwell avait éprouvé de la pitié à son égard, comme on en ressent devant ce qui meurt, mais c'était de la pitié mal placée car le Banshee était mort en se moquant de la race humaine.

Maxwell n'avait plus qu'une chance. Persuader le Temps de faire traîner la vente de l'Artifact. Il pourrait alors rencontrer Arnold, lui raconter son histoire et le persuader d'une façon ou d'une autre de la véracité de ses dires. Son histoire était encore plus incroyable maintenant.

Il rebroussa chemin et descendit le ravin. Avant d'atteindre les bois, il se retourna. L'arbre se découpait sur le ciel, massif et vigoureux, solidement enraciné dans le sol.

En passant devant la pelouse aux Fées, il vit un groupe de Trolls qui travaillaient d'un air morose. Ils ratissaient et aplanissaient le sol, ils plantaient un nouveau gazon pour remplacer celui qu'ils avaient abîmé avec la pierre. De la pierre elle-même, pas de trace.

XVIII

Maxwell avait parcouru la moitié du chemin qui le séparait du campus quand Fantôme se matérialisa et prit place à côté de lui.

— J'ai un message de la part de Oop, dit-il sans aucune autre forme de préambule. Tu ne dois pas retourner à la cabane. Il semble que les journalistes aient retrouvé ta piste, ils sont venus aux renseignements et Oop les a fait déguerpir mais ils rôdent toujours dans les parages.

— Merci de m'avoir prévenu. Quoique, à mon avis, cela n'ait plus beaucoup d'importance.

— Pourquoi? Ça ne va pas?

— Pas du tout. Je pense que Oop t'a raconté?

— Oop et moi ne faisons qu'un. Bien sûr qu'il m'a raconté, d'ailleurs il pensait que tu t'en douterais. Mais tu peux être tranquille...

— Je ne te le demandais pas pour cela mais pour savoir s'il me faudrait tout raconter depuis le début. Donc tu sais que je suis allé à la réserve pour vérifier l'histoire du tableau de Lambert.

— Oui, celui de Nancy Clayton.

— J'en ai peut-être découvert davantage que je n'espérais. En tout cas, j'ai trouvé quelque chose qui n'est pas fait pour m'aider : c'est le Banshee qui a dit au Roulant le prix que demande la planète de cristal, alors que c'était à moi qu'il aurait dû le dire. Il dit qu'il ne connaissait pas encore mon rôle dans cette affaire mais je n'y crois guère. Il était mourant quand il m'a parlé mais cela n'est pas une raison pour m'avoir dit la vérité, il a toujours été plutôt sournois.

— Le Banshee? mourant?

— A l'heure qu'il est, il est même mort. Je suis resté auprès de lui jusqu'à sa mort. Je ne lui ai pas fait voir la photo, je n'ai pas eu le cœur de l'ennuyer.

— Mais il t'a parlé du Roulant?

— Simplement pour me dire qu'il avait détesté la race humaine dès le début de son évolution et qu'enfin il était quitte. Il aurait bien voulu me dire que les Lutins et tous les autres Petits Hommes nous détestaient aussi mais il n'a pas osé, il savait que je ne le croirais pas. Cependant, une phrase de M. O'Toole m'a fait réaliser qu'il existait sans doute une certaine rancœur, mais il ne s'agit pas vraiment de haine de leur part. Le Banshee m'a confirmé que l'Artifact était bien le prix demandé sur la planète de cristal; c'est ce que je pensais depuis le début et ce que m'a dit le Roulant hier soir n'avait fait que me confirmer dans cette idée. En fait, le Roulant lui-même n'avait pas l'air d'être très sûr de la situation, sinon pourquoi m'aurait-il fait venir pour me proposer du travail? On aurait dit qu'il voulait m'éliminer comme s'il avait peur que je puisse faire échouer son affaire.

— Il semble que ce soit sans espoir et j'en suis désolé. Peut-être que je peux t'aider? Oop aussi et même la fille avec laquelle vous avez bu si grossièrement, celle qui a le chat.

— C'est bien mal parti mais il y a encore deux choses à faire. D'abord, aller trouver Harlow Sharp au Temps et tenter de le convaincre de laisser l'affaire en suspens puis, forcer une ou deux portes à l'Administration et coincer Arnold dans son bureau. Si j'arrive à le décider à faire la même offre que le Roulant pour l'Artifact, je suis certain qu'Harlow refusera la proposition du Roulant.

— Tu auras fourni un bel effort mais je ne suis pas très sûr du résultat. Pas en ce qui concerne Harlow Sharp qui est un de tes amis mais plutôt en ce qui concerne le Président Arnold qui, lui n'est l'ami de personne. En plus, il n'appréciera guère les portes enfoncées.

— Tu sais ce que je pense? Que tu as raison mais on ne peut rien affirmer avant d'avoir essayé. Peut-être qu'Arnold aura une faiblesse et que pour une fois il laissera ses préjugés et sa froideur de côté.

— Je dois te prévenir qu'Harlow Sharp aura peut-être peu de temps à t'accorder, ce serait d'ailleurs la même chose pour n'importe qui. Il a des soucis, Shakespeare est arrivé ce matin.

— Shakespeare! Bon sang, j'avais oublié qu'il venait! Maintenant je me le rappelle. Il doit parler demain soir. Il ne manquait plus que cela.

— Shakespeare n'a pas l'air d'être quelqu'un de facile. Il a tout de suite voulu sortir pour voir cette nouvelle époque dont il a tant entendu parler. Le Temps a eu du mal à le persuader de changer ses vêtements élisabéthains pour des vêtements contemporains mais ils l'ont empêché de sortir avant qu'il ne l'ait fait. Et maintenant, le Temps se fait un sang d'encre en pensant à tout ce qui peut lui arriver. Il faut le surveiller mais pas l'énerver. Toute la salle est louée, jusqu'au dernier petit centimètre carré et on ne peut pas courir le risque que quelque chose lui arrive.

— Comment sais-tu tout cela? On dirait que tu es toujours le premier averti des potins du campus.

Fantôme répondit modestement :

— Je me déplace beaucoup.

— Eh bien, je dois tout de même essayer. Le temps passe. Si Harlow reçoit quelqu'un, ce sera moi.

— Cela paraît incroyable qu'il y ait un tel concours de circonstances pour t'empêcher d'agir. C'est impensable que par pure stupidité, l'Université et la Terre passent à côté de deux univers de savoir.

— C'est à cause du Roulant. Sa proposition fait pression et limite le temps; si j'en avais davantage, je trouverais bien une solution. Je réussirais bien à rencontrer Harlow. Je pourrais lui proposer un marché, que ce soit le Temps plutôt que la Planète qui achète la bibliothèque de la planète de cristal. Mais le temps me manque. Que sais-tu des Roulants? Sais-tu quelque chose de plus que nous tous?

— Je ne le crois pas. Je sais seulement que c'est peut-être cet ennemi que nous avons toujours pensé rencontrer un jour dans l'espace. Leurs actes montrent en tout cas qu'ils pourraient bien l'être. Leurs motivations, leur éthique, leur conception de la vie sont sûrement très différentes des nôtres. Nous avons certainement beaucoup moins de choses en commun avec eux qu'avec une araignée ou une guêpe. Et ils sont intelligents, c'est cela le pire. Ils ont assimilé assez de nos pensées et de nos habitudes pour pouvoir se mêler à nous. D'ailleurs, il l'ont prouvé dans l'affaire de l'Artifact. Mon ami, vois-tu, c'est surtout leur intelligence et leur maniabilité que je redoute. Je ne crois pas que si les rôles étaient inversés, l'homme se débrouillerait aussi bien.

— Je crois que tu as raison et c'est pourquoi je ne peux pas me permettre de leur laisser ce qu'offre la planète de cristal. Dieu seul sait ce qu'il y a dans cette bibliothèque. Je n'en ai eu qu'un aperçu et même avec dix millions d'années-lumière pour les comprendre, il y a certains sujets qui m'étaient totalement hermétiques. Cela ne veut pas dire qu'avec du temps et des capacités que je ne possède pas et dont je n'ai même jamais entendu parler, l'homme n'y arriverait pas. Je crois qu'il le pourrait et que les Roulants le peuvent déjà. C'est peut-être ce savoir qui nous sépare d'eux. Si un jour les Humains et les Roulants doivent s'opposer, le trésor de la planète de cristal pourrait bien être ce qui ferait notre victoire ou notre défaite. Et peut-être que les Roulants, sachant ce que nous posséderions, essaieraient d'éviter le heurt. C'est peut-être de cela que dépendent la guerre et la paix.

Il se tenait recroquevillé sur son siège et dans la chaleur de l'après-midi, il percevait un courant d'air étranger au paysage tendre et au ciel de soie.

— Tu as parlé au Banshee juste avant sa mort. T'a-t-il laissé entendre ce que pourrait être l'Artifact?

— Non. Fantôme, il ne m'a rien dit. Mais, après coup, il m'est venu une idée, ou plutôt une impression sans aucun fondement solide. Je crois que l'Artifact provient de l'univers dont s'est détachée la planète de cristal. Peut-être s'agit-il de quelque chose de précieux, sauvegardé au travers des millénaires. Et je crois aussi que le Banshee et tous les autres qui, d'après Oop, peuplaient l'ancien univers ont un rapport avec les habitants de la planète de cristal. Toutes ces créatures étaient nées et s'étaient développées dans l'univers disparu puis elles sont venues sur la Terre et sur d'autres planètes pour les coloniser. Mais tous leurs essais ont échoué. Sur la Terre, c'est à cause de l'évolution de l'Homme; sans doute y eut-il d'autres motifs sur les autres planètes. Je crois connaître celui de certains échecs. Il est possible qu'un jour les races doivent s'éteindre tout naturellement, pour laisser la place à quelque chose de nouveau, selon une mystérieuse loi de la nature. Peut-être que toute race a un temps de vie limité? Peut-être que certaines créatures très anciennes portent avec elles leur ordre d'exécution? Nous n'y avons jamais pensé parce que l'Homme est encore tout neuf. Ce serait un procédé naturel pour laisser la voie libre à l'évolution, pour qu'aucune race ne puisse l'entraver.

— Je trouve que c'est assez sensé. Je parle des colonies qui disparaissent. S'il existait quelque part dans l'Univers une colonie victorieuse, la planète de cristal lui transmettrait son héritage, plutôt que de l'offrir à nous ou aux Roulants, alors que nous n'avons ni les uns ni les autres, aucun rapport avec elle.

— Il y a un point qui me tracasse. Pourquoi les habitants de la planète de cristal, alors qu'ils ne sont plus que des ombres, désirent-ils l'Artifact? Qu'est-il pour eux? Que peuvent-ils en faire?

— Peut-être que si nous savions ce qu'il est exactement... Tu n'as vraiment aucune idée? Tu n'as rien vu, rien entendu?

— Non, je ne vois vraiment pas.

XIX

Harlow Sharp avait l'air harassé :

— Excuse-moi de t'avoir fait attendre. C'est un mauvais jour.

— De toute façon, je suis content de pouvoir te parler, répondit Maxwell. Ton cerbère ne voulait pas me laisser entrer.

— Je t'attendais. Je savais que tu viendrais, tôt ou tard. J'ai entendu de drôles d'histoires.

— La plupart sont vraies, mais je ne suis pas ici pour cela, je suis ici pour affaires. Je n'en ai pas pour longtemps.

— Que puis-je faire pour toi?

— Tu vends l'Artifact.

Sharp acquiesça :

— Je suis navré, Pete. Je sais que toi et quelques autres vous y intéressez mais il y a longtemps qu'il est dans le musée et il n'a jamais servi qu'à satisfaire la curiosité des visiteurs. Le Temps a besoin d'argent, tu le sais sûrement. L'Université tient les cordons de la bourse bien serrés et les autres collèges nous font des aumônes, pour des projets bien précis et...

— Je sais tout cela. Si tu veux le vendre, je pense que cela te regarde. Je me souviens que l'Université ne voulait pas s'en mêler. Je me rappelle que c'était à vous de payer le transport et que...

Sharp l'interrompit :

— Nous avons dû râcler les fonds de tiroirs, mendier, emprunter. Nous avons élaboré projet après projet, des projets bien solides, qui auraient fait date dans la science. Nous les avons proposés et personne ne nous les a achetés. Tu te rends compte ! Tout le passé à explorer et personne pour s'y intéresser ! Peut-être ont-ils peur que nous ne bousculions certaines de leurs théories favorites. Mais il nous faut de l'argent pour continuer. Crois-tu que je sois toujours satisfait de ce que nous sommes obligés de faire pour en trouver? Comme cette histoire de Shakespeare et bien d'autres. Je te garantis que cela ne nous fait pas une bonne presse, cela diminue notre prestige et l'importance de nos problèmes. Tu peux t'imaginer les tracas que nous avons. Regarde par exemple cette affaire de Shakespeare. Il est en train de se promener quelque part par-là comme un simple touriste et moi, je suis ici, à me ronger les ongles, à imaginer tout ce qui pourrait lui arriver. Te rends-tu compte du scandale qui éclaterait s'il ne voulait pas retourner dans son époque, un homme qui...

Maxwell le coupa :

— Je ne suis pas venu pour...

— Et puis, continua Sharp, tout à coup s'est présentée l'occasion de vendre l'Artifact, pour une somme supérieure à ce que nous pouvons espérer tirer de cette Université en plus de cent ans. Tu dois comprendre ce que cela signifie pour nous. Enfin nous allons pouvoir réaliser nos projets. Bien entendu, je connais les Roulants. Quand Churchill est venu faire le joli cœur, je savais qu'il travaillait pour le compte de quelqu'un et je n'étais pas d'accord. J'ai voulu savoir à qui j'avais à faire.

Quand il me l'a dit, j'ai hésité, mais je me suis repris car je savais que c'était le seul système pour obtenir une somme convenable. J'aurais traité avec le diable pour avoir cet argent.

— Harlow, tout ce que je veux te demander est de reculer l'échéance de cette affaire, pour me laisser un peu de temps.

— Du temps? Pour quoi faire?

— J'ai besoin de l'Artifact!

— Pourquoi?

— Il doit me servir de monnaie d'échange avec une planète remplie de science. Des connaissances amassées non pas par un univers mais deux. Cela représente peut-être cinquante billions d'années de savoir.

Sharp se pencha en avant puis se renfonça dans son fauteuil :

— Tu dis la vérité? Tu ne te moques pas de moi? J'ai entendu de drôles d'histoires, on m'a parlé de deux Pete Maxwell dont l'un aurait été tué. On m'a dit que tu avais roulé les journalistes, peut-être aussi les flics, que tu avais eu une prise de bec avec l'Administration.

— Harlow, je pourrais tout te raconter mais cela ne servirait à rien, tu ne me croirais pas. Mais je te dis la vérité, je peux acheter une planète.

— Toi? Pour toi?

— Non, pas pour moi, pour l'Université. C'est pourquoi il me faut du temps pour pouvoir rencontrer Arnold.

— Et lui passer l'affaire? Pete, tu n'as aucune chance. Tu t'es disputé avec Longfellow et c'est lui qui décide. Même si ton offre était valable...

— Elle l'est, je te le garantis! J'ai parlé avec les habitants de la planète en question. J'ai vu quelques-uns de leurs documents.

Sharp hocha la tête :

—Il y a longtemps que nous sommes amis, je ferais n'importe quoi pour toi mais là, je ne peux pas marcher. En plus, je crains qu'il ne soit trop tard.

— Trop tard?

— La somme m'a été versée cet après-midi. Le Roulant prend possession de l'Artifact demain matin. Il le voulait immédiatement mais il y avait un ou deux détails à régler pour le transport.

Maxwell était abasourdi.

— Eh bien, voilà, dit Sharp. Je ne peux pas y changer grand-chose.

Maxwell commença à se lever. Il se rassit :

— Harlow, si jamais je pouvais voir Arnold ce soir, si j'arrivais à le décider à payer le même prix.

— Ne sois pas bête. Il s'évanouirait rien qu'en entendant le prix.

— C'est si cher que cela?

— Oui.

Maxwell se leva lentement.

— Je dois te dire qu'en tout cas tu as fait peur au Roulant. Churchill était ici ce matin, nerveux comme une puce, l'écume aux lèvres. Il voulait conclure tout de suite. J'aurais aimé que tu sois venu plus tôt, nous aurions trouvé une solution.

Maxwell était sur le point de s'en aller, il revint vers le bureau de Sharp :

— J'ai encore quelque chose à te dire. C'est à propos de voyages dans le temps. Nancy a un tableau de Lambert.

— J'en ai entendu parler.

— Dans le fond, il y a une colline surmontée d'une pierre. C'est l'Artifact, j'en mettrais ma main au feu. Oop dit que les créatures représentées sur le tableau sont les mêmes que celles qui vivaient à l'époque de Néanderthal. Et vous, vous avez trouvé l'Artifact au sommet d'une colline jurassique. Comment Lambert pouvait-il savoir que l'Artifact était sur une colline? On ne l'a découvert que plusieurs siècles après sa mort. A mon avis, Lambert a vu l'Artifact et les créatures qu'il a peintes, il a dû voyager dans le temps jusqu'à l'ère mesozoïque. Il existe un rapport sur un certain Simonson, n'est-ce pas?

— Je vois où tu veux en venir. Simonson a fait quelques recherches sur le temps au XXIe siècle. Il a déclaré avoir connu certains succès mais il a avoué avoir eu des problèmes de contrôle. On raconte qu'il aurait perdu un ou deux hommes. Il les aurait envoyés dans le temps, sans pouvoir les en ramener. Mais on s'est toujours demandé s'il avait vraiment connu des succès. Ses notes sont peu révélatrices et il n'a jamais rien publié. Il travaillait dans le secret parce qu'il pensait que les voyages dans le temps pouvaient devenir une mine d'or. Il pensait aux expéditions scientifiques, aux chasseurs qui voudraient trouver du gros gibier et à tout un tas de trucs de ce genre. Une de ses idées était de remonter le temps en Afrique du Sud pour rafler tous les diamants du Kimberley. C'est pourquoi il tenait à garder le secret. Personne n'a jamais trop su ce qu'il a vraiment fait ou non.

— Mais cela n'est pas impossible. Simonson et Lambert étaient contemporains et il y a une coupure très nette dans le style de Lambert, comme s'il s'était passé quelque chose. Peut-être s'agit-il d'un voyage dans le temps.

— Bien sûr, c'est possible mais je ne m'avancerais pas.

XX

Quand Maxwell sortit du Temps, les étoiles commençaient à briller dans le ciel. Le vent s'était rafraîchi. Les ombres des grands ormes cachaient la lumière des fenêtres de l'autre côté du mail.

Maxwell frissonna et releva le col de sa veste. Il descendit rapidement les escaliers et se mit à marcher sur le trottoir qui bordait le mail. Il y avait peu de monde dehors.

Il se rendit compte qu'il avait faim. Il n'avait rien mangé depuis le matin et il trouva comique de songer à sa faim alors que son dernier espoir venait de s'envoler. Il n'avait plus de toit où dormir car, s'il voulait éviter les journalistes, il ne pouvait retourner chez Oop. Mais maintenant, il n'avait plus de raison de se cacher des journalistes, il n'avait rien à perdre ni à gagner en racontant son histoire. Il frissonna en imaginant leurs visages incrédules, leurs questions, leur style pompeux, la façon dont ils tourneraient en dérision son aventure.

Il s'immobilisa un instant, ne sachant quelle direction choisir. Il essaya vainement de penser à un café, un restaurant où il ne risquerait pas de rencontrer quelqu'un de la Faculté. Ce soir, il appréhendait d'avoir à répondre à leurs questions.

Il entendit un léger bruissement à son côté et se retourna vivement. Il se trouva face à face avec Fantôme.

— Ah, c'est toi?

— Je t'attendais. Tu es resté longtemps là-dedans.

— J'ai dû attendre, puis nous avons discuté.

— Alors?

— Rien. L'Artifact est vendu et payé. J'ai bien peur que tout ne soit terminé. Je pourrais essayer d'aller voir Arnold ce soir, mais cela ne servirait à rien. C'est trop tard.

— Oop nous garde une table, tu dois avoir faim.

— Je meurs de faim.

— Alors, suis-moi. Je te montre le chemin.

Ils quittèrent le mail et errèrent pendant un temps qui sembla particulièrement long à Maxwell au travers de petites ruelles.

— C'est un endroit où personne ne nous verra, dit Fantôme. La nourriture est correcte et le whisky bon marché. Oop l'a bien précisé.

Finalement ils arrivèrent et descendirent un escalier qui les mena au sous-sol. Maxwell ouvrit la porte. L'intérieur était sombre. Une odeur de cuisine provenait de quelque part dans le fond.

— C'est le genre famille, dit Fantôme. On pose tout sur la table et chacun se sert. Oop est enchanté.

La silhouette imposante de ce dernier se dressa à une des tables du fond. Il agita un bras. Maxwell vit qu'il n'y avait qu'une demi-douzaine de personnes dans tout le restaurant.

— Venez par ici, appela Oop, je veux vous présenter quelqu'un.

Suivi de Fantôme, Maxwell se fraya un chemin vers le fond. A la table de Oop, Carol leva la tête.

Maxwell y vit aussi un autre visage, sombre et barbu qui lui rappelait quelque chose.

— Notre invité de ce soir, dit Oop : Maître William Shakespeare.

Shakespeare se leva et tendit la main à Maxwell. Un sourire éclatant s'ouvrit au-dessus de sa barbe :

— Je suis très heureux et j'ai beaucoup de chance d'avoir trouvé des compagnons si gais et si bruyants.

— Le barde pense rester avec nous, dit Oop, pour s'installer définitivement.

— Nenni, je ne suis point barde, vous ne devez pas employer ce nom. Je ne suis rien d'autre qu'un honnête boucher et courtier en laines.

— Simple lapsus, le rassura Oop. Nous avons tellement pris l'habitude...

— Oui, je sais, dit Shakespeare. Une erreur est bien lourde pour qui elle suit.

— Mais, intervint Maxwell, tu dis qu'il veut rester ici. Est-ce qu'Harlow sait où il se trouve?

— Je ne le pense pas, dit Oop. Nous nous sommes donné beaucoup de mal pour qu'il n'en sache rien.

— Je me suis échappé, dit Shakespeare content de lui. Mais j'ai été aidé et j'en suis reconnaissant.

— Aidé ! Cela ne m'étonne pas, dit Maxwell. Apprendrez-vous un jour, espèce de pitres...

Carol l'arrêta :

— Ça suffit, Pete. C'est très beau de la part de Oop. Le pauvre homme arrive d'une autre époque et tout ce qu'il voulait, c'était voir comment les gens vivent et...

Fantôme l'interrompit :

— Asseyons-nous, dit-il à Maxwell. Tu as l'air d'avoir besoin de boire un coup.

Maxwell s'installa à côté de Shakespeare et Fantôme prit la chaise de l'autre côté. Oop lui tendit une bouteille :

— Vas-y, ne fais pas de manières, ne t'embarrasse pas d'un verre. C'est très décontracté ici.

Maxwell porta la bouteille à ses lèvres. Il laissa couler le liquide sous l'œil admiratif de Shakespeare.

Quand Maxwell eut reposé la bouteille, Shakespeare le félicita :

— Je ne puis qu'adminer votre résistance. J'ai essayé d'en boire et cela m'a bien secoué.

— Au bout d'un moment, on s'y habitue, dit Maxwell.

— Mais cette bière ! dit Shakespeare. Enfin une boisson douce au palais et agréable à l'estomac !

Sylvester se glissa à côté de Maxwell et posa la tête sur ses genoux. Maxwell le gratta derrière l'oreille.

— Ce chat vous ennuie encore? demanda Carol.

— Sylvester et moi sommes copains. Nous avons combattu côte à côte. Vous devez vous en souvenir. Nous sommes sortis victorieux de l'attaque du Roulant hier soir.

— Vous avez l'air en pleine forme, dit Shakespeare à Maxwell. Je pense que l'affaire qui vous a retenu a eu une issue favorable.

— L'affaire n'a pas marché du tout. La seule explication à ma bonne forme est que je suis en agréable compagnie.

— Tu veux dire qu'Harlow t'a renvoyé? explosa Oop. Il n'a pas voulu t'accorder deux jours?

— Il ne pouvait faire autrement, l'Artifact a déjà été payé et le Roulant en prend livraison demain.

— Nous pouvons le faire changer d'avis, déclara Oop.

— Plus maintenant, il ne peut plus se dédire, le marché est conclu. Il ne remboursera pas l'argent, il ne reprendra pas sa parole. Et si j'ai deviné ce que tu as derrière la tête, tout ce qui lui resterait à faire serait d'annuler la conférence et de rembourser les places.

— Tu as sans doute raison. Nous ne savions pas que l'affaire était si engagée. Nous avions pensé pouvoir faire un peu de chantage.

— Tu as fait de ton mieux et je t'en remercie.

— Nous avions pensé qu'avec un ou deux jours de plus, nous aurions pu débarquer chez Arnold et lui faire comprendre par la force. Puisque c'est terminé, bois un peu et passe-moi la bouteille.

Maxwell but et tendit la bouteille à Oop. Shakespeare termina sa bière et la reposa violemment sur la table. Carol prit la bouteille des mains de Oop et en versa deux doigts dans son verre.

— Je ne regarde pas comment vous vous tenez tous, dit-elle, mais je ne me transformerai pas en sauvage. J'insiste pour boire dans un verre.

— De la bière pour notre hôte distingué, clama Oop.

— Je vous remercie, dit Shakespeare.

— Comment diable avez-vous découvert cet antre? demanda Maxwell.

— Je connais très bien les bas-fonds du campus, dit Oop.

— C'est exactement ce qu'il nous fallait, dit Fantôme. Le Temps doit remuer ciel et terre, à la recherche de notre ami. Harlow t'a dit qu'il avait disparu?

— Non, mais il a failli. Il m'a dit qu'il était très préoccupé mais il ne le montrait pas. C'est tout à fait le genre à être installé au bord d'un volcan en éruption sans broncher. Et les journalistes, surveillent-ils toujours la cabane?

Oop fit signe que non :

— Mais ils reviendront. Il va falloir te trouver autre chose.

— Je crois que je ferais aussi bien de les prendre de front. Je devrai bien raconter mon histoire un jour ou l'autre.

— Ils vous mettront en pièces, l'avertit Carol. Oop m'a dit que vous n'aviez plus de travail et que Longfellow vous en voulait. Vous ne pouvez vous permettre en ce moment une mauvaise publicité.

— Tout cela est sans importance, la seule chose qui importe est de décider ce que je devrai leur raconter.

— Dis-leur tout, dit Oop. Il faut exposer l'histoire en entier, faire savoir à toute la Galaxie à côté de quoi nous sommes passés.

— Non, je ne peux pas. Harlow est mon ami. Je ne peux pas lui faire du tort.

Un serveur apporta une bouteille de bière.

— Une bouteille? rouspéta Oop. Qu'est-ce que cela signifie? Rapportez-en une pleine brassée, notre ami a le gosier sec !

— Vous n'avez rien dit, répondit le serveur. Comment pouvais-je le savoir?

Il repartit chercher d'autres bouteilles.

— Votre hospitalité, dit Shakespeare est irréprochable, mais j'ai peur de m'imposer en un moment plein de complications.

— Oop a dit que vous comptiez vous installer ici? demanda Maxwell.

— Mes dents sont en mauvais état, elles sont déchaussées et me font souffrir. J'ai entendu dire qu'il existait ici de merveilleux instruments pour les extraire sans douleur. Je m'en ferais ensuite poser de nouvelles.

— En effet, c'est possible à faire, répondit Maxwell.

— J'ai laissé à la maison, continua Shakespeare, une femme dotée d'une langue de vipère et je ne souhaite pas la retrouver. En plus, votre bière est fort savoureuse et on m'a dit que vous étiez arrivés à vous entendre avec les Lutins et les Fées. C'est merveilleux. Et puis, c'est inouï d'être attablé côte à côte avec un fantôme.

Le serveur arriva les bras chargés de bouteilles et les posa sur la table.

— Voilà, dit-il. Ça suffira pour l'instant. Le chef a dit que le dîner était prêt.

Maxwell se tourna vers Shakespeare

— Vous n'avez pas l'intention d'aller à votre conférence?

— Eh là! Si j'y allais, ils auraient tôt fait de me renvoyer aussitôt après à la maison.

— S'ils mettent la main dessus, renchérit Oop, ils ne le relâcheront pas.

— Mais comment gagnerez-vous votre vie? demanda-t-il. Vous n'avez pas été formé pour vivre dans notre monde.

— Je trouverai bien. Quand il y est poussé, l'esprit humain trouve toujours une solution.

Le serveur arriva poussant une table chargée de victuailles.

— Sylvester! appela Carol.

Sylvester s'était dressé d'un bond. Il avait posé ses deux pattes sur la table et s'était emparé de deux morceaux bien saignants d'une côte de bœuf rôtie.

Sylvester disparut sous la table, emportant la viande.

— Le petit chat a faim, dit Shakespeare. Il prend ce qu'il trouve.

— Quand il s'agit de nourriture, répondit Carol, il n'a aucune manière.

De dessous la table, provenaient des bruits d'os brisés.

— Maître Shakespeare, dit Fantôme, vous venez d'Angleterre, d'une ville sur l'Avon...

— C'est un pays agréable à regarder mais plein du rebut de l'humanité. Il n'y a que braconniers, voleurs, meurtriers, et toute sorte de gens méprisables.

— Je me souviens, dit Fantôme. Les cygnes sur la rivière, les saules sur la berge...

Oop l'arrêta en hurlant :

— Que dis-tu? Comment peux-tu te souvenir?

Fantôme se leva lentement, et il y avait dans son mouvement quelque chose qui les força tous à le fixer. Il leva une main, ou plutôt une manche vide, puisqu'il n'avait pas de bras.

Sa voix s'éleva, caverneuse :

— Je me souviens. Après tant d'années, je me souviens enfin. Ou bien j'avais oublié, ou bien je ne l'avais jamais su, mais maintenant, je sais.

— Maître Fantôme, dit Shakespeare, vous me semblez bizarre. Quelle étrange maladie s'est emparée de vous?

— Je sais de qui je suis le fantôme, dit triomphalement Fantôme. Je sais qui je suis.

— Allons, tant mieux, dit Oop. Cela va mettre fin à tous ces racontars à propos de ton héritage.

— Et de qui, je vous prie, êtes-vous le fantôme? demanda Shakespeare.

— Le vôtre. Je suis le fantôme de William Shakespeare.

Ils demeurèrent tous silencieux. Soudain, Shakespeare émit un bruit de gorge, trahissant la douleur et le désespoir. D'un bond, il se leva, sauta sur la table et se rua vers la porte. La table s'effondra, la chaise de Maxwell bascula et il s'étala de tout son long. Il fut cloué au sol par le coin de la table et un bol de sauce lui atterrit sur le visage. Il essaya de s'essuyer. Quelque part au-dessus de lui, il entendit les grondements furieux de Oop. Enfin, les cheveux et le visage toujours dégoulinant de sauce, il réussit à y voir clair. Il rampa sous la table et se remit d'aplomb sur ses pieds.

Carol était assise sur le sol, au milieu d'un amas de nourriture. Des bouteilles de bière roulaient un peu partout. La cuisinière se tenait dans l'encadrement de la porte de la cuisine, c'était une femme imposante, avec de gros bras et des cheveux hirsutes. Elle se tenait les poings sur les hanches.

Sylvester était vautré sur la viande, occupé à la déchiqueter et l'avaler à grandes bouchées.

Oop franchit le seuil en boitant :

— Personne en vue. Aucun des deux.

Il tendit une main à Carol pour l'aider à se relever :

— Ce fichu Fantôme, il ne pouvait pas rester tranquille. Même s'il savait...

Carol l'interrompit :

— Mais il ne savait rien jusqu'à tout à l'heure. C'est la confrontation qui a tout fait éclater. Peut-être une phrase que Shakespeare a prononcée... Cela fait si longtemps qu'il se posait la même question, et tout à coup, il a eu une révélation.

— Tout est raté, gémit Oop. On ne retrouvera jamais Shakespeare.

— C'est peut-être pour cela que Fantôme est parti, dit Maxwell. Pour le ramener.

— Comment veux-tu qu'il le rattrape? demanda Oop. Si Shakespeare voit que quelqu'un le suit, il va battre tous les records de course à pied.

XXI

Ils se tenaient tous, découragés, autour de la table chez Oop. Sylvester était couché sur le dos devant l'âtre, les pattes antérieures ramenées contre sa poitrine, les pattes arrière dressées en l'air. Il arborait un sourire imbécile qui exprimait la satisfaction.

Oop passa la jarre à Carol.

Elle la renifla :

— Cela sent le kérosène. Et si mes souvenirs sont bons, cela en a aussi le goût.

Elle la souleva, en but une gorgée et la tendit à Maxwell :

— Au bout d'un moment, on doit prendre l'habitude de boire du kérosène.

— C'est de la bonne gnôle, protesta Oop. Evidemment, elle supporterait de vieillir un peu mais on dirait que la consommation est plus rapide que la fabrication.

Maxwell souleva la jarre et but avec humeur. Le liquide lui brûla la gorge et explosa dans son estomac. L'explosion ne lui fit aucun bien. Il était toujours aussi lucide et d'aussi méchante humeur. Il se dit que, quelquefois, il n'y avait rien de plus difficile que d'arriver à s'enivrer. On avait beau s'assommer d'alcool, on gardait toute sa tête. Il aurait adoré être en ce moment complètement ivre et le rester quelques jours. Peut-être qu'ensuite, la vie ne lui paraîtrait pas aussi morose.

— Ce que je n'arrive pas à comprendre, dit Oop, c'est pourquoi le petit père Bill a pris si mal cette affaire de fantôme. Il était blanc de peur. Mais il n'avait pas l'air d'être gêné par Fantôme. Bien sûr, au début, il semblait un peu nerveux mais on pouvait s'y attendre de la part d'un homme du XVIe siècle. Une fois qu'on lui a expliqué, cela a plutôt eu l'air de lui plaire. Il a accepté Fantôme beaucoup plus aisément que ne l'aurait sans doute fait un homme du XXe siècle. Au XVIe siècle, on croyait aux fantômes. Il n'a pas eu peur le moins du monde, jusqu'à ce que Fantôme lui annonce qu'il était son spectre. Alors...

— Il a été vraiment intrigué par les relations que nous avons avec les Petits Hommes, dit Carol. Il nous a fait promettre de l'emmener à la réserve pour les lui faire rencontrer. Tout comme pour les fantômes, cela lui semblait naturel.

Maxwell but une autre gorgée et passa la jarre à Oop. Il s'essuya les lèvres du revers de la main :

— Considérer un fantôme comme quelque chose de normal et rencontrer le sien propre sont deux choses bien distinctes. Il est impossible d'accepter vraiment sa mort, même en sachant ce qu'est un fantôme.

— Oh, ne recommencez pas, dit Carol.

Oop sourit :

— Il s'est enfui comme un dard. On aurait dit qu'il avait un pétard accroché derrière lui. Il a passé la porte sans même toucher à la poignée. Il a littéralement jailli au-dehors.

— Je n'ai rien vu, dit Maxwell. J'avais un bol de sauce sur la tête.

— Il n'y a que le tigre qui ait profité de l'aventure, dit Oop. Il a eu plein de bœuf comme il l'aime.

— C'est un opportuniste, fit remarquer Carol. Il s'en sort toujours à bon compte.

Maxwell la regarda :

— Je voulais vous demander. Comment vous êtes-vous trouvée mêlée à tout cela? Je pensais qu'après l'histoire du Roulant, vous ne vouliez plus nous voir?

Oop minauda :

— Elle se faisait du souci à ton sujet. En plus, elle est curieuse.

— Il y a autre chose, dit Maxwell. Comment expliquez-vous que vous soyez impliquée dans toute cette affaire. En reprenant tout au début, c'est vous qui nous avez renseignés à propos de l'Artifact.

— Cela m'a échappé.

— Non, vous nous avez renseignés, à dessein. Que savez-vous de l'Artifact? Vous en savez sûrement quelque chose, pour vouloir en empêcher la vente.

— Ouais, c'est vrai, ajouta Oop. Vous feriez mieux de tout nous dire, la belle.

— Je ne sais rien du tout.

— Ne plaisantons pas, dit Maxwell. Il s'agit de quelque chose d'important.

— Eh bien, voilà, commença-t-elle. J'avais entendu dire que l'Artifact allait être vendu. Je n'étais pas censée être au courant. J'étais préoccupée, tracassée. Légalement, il n'y avait rien à dire, le Temps a le droit de vendre mais je trouvais qu'un objet comme l'Artifact ne devrait pas être vendu, même pour des dizaines de billions de dollars. Je connaissais un secret et j'avais peur d'en parler. Je voyais bien que les gens ne trouvaient pas que l'Artifact soit important. Et puis, l'autre soir, vous en parliez tous les deux et vous aviez l'air tellement passionnés...

— Que vous avez pensé que nous pourrions peut-être vous aider.

— Je ne sais pas ce que j'ai pensé, mais vous étiez les premiers à montrer quelque intérêt. Cependant, je ne pouvais aborder le sujet à brûle-pourpoint. Je devais être honnête vis-à-vis du Temps. Cela me posait un problème.

— Vous avez travaillé à l'Artifact? Est-ce ainsi...?

— Non, je n'y ai pas travaillé mais un jour je me suis arrêtée pour le regarder, comme n'importe quelle touriste, parce que je trouvais que c'était un objet intéressant et mystérieux. Et alors, j'ai vu quelque chose, ou tout au moins j'ai cru le voir. Je ne sais plus. Sur le moment, j'étais persuadée d'avoir vu ce détail que personne n'avait remarqué...

Elle s'interrompit et les regarda tour à tour. Personne ne parlait. Ils attendaient qu'elle poursuive.

— Je ne suis plus certaine. Je ne puis rien affirmer.

— Continuez, lui dit Oop. Du mieux que vous pourrez.

Elle fit un signe de tête résolu :

— Cela n'a duré qu'un instant. Cela a été très rapide et pourtant, sur le moment, j'étais certaine de l'avoir bien vu. Le soleil brillait au-dehors et depuis la fenêtre, il donnait juste sur l'Artifact. Peut-être que personne n'avait jamais vu l'Artifact éclairé sous cet angle-là? Il m'a semblé voir quelque chose à l'intérieur, un peu comme si l'Artifact était un objet que l'on aurait pressé ou coulé sous cette forme oblongue, et que ceci, on ne pouvait le découvrir qu'en le contemplant dans cette lumière bien particulière. Il m'a semblé voir un œil et en le voyant, il m'est apparu vivant, j'ai vu qu'il me regardait...

— Mais, s'exclama Oop, c'est impossible. L'Artifact est une pierre. Un morceau de métal.

— Un drôle de morceau de métal, ajouta Maxwell. Quelque chose d'impossible à sonder.

— Tout ce que je puis dire, leur rappela Carol, c'est que je ne suis plus certaine de rien. Peut-être était-ce mon imagination.

— On ne le saura jamais, dit Maxwell. Le Roulant emporte l'Artifact demain.

— Et il s'en servira pour acheter la planète de cristal, dit Oop. Je ne crois pas que nous devions rester ici. Si nous avions pu rattraper Shakespeare !

— Cela n'aurait servi à rien, dit Maxwell. Il aurait été inutile de le kidnapper.

— Nous ne l'avons jamais kidnappé, s'exclama Oop blessé, il est venu avec nous de son plein gré, il était ravi. Il avait passé son temps à réfléchir à la façon dont il pourrait se débarrasser de l'escorte que lui avait envoyée le Temps. Il y avait pensé de lui-même. Nous n'avons fait que l'aider un peu.

— En assommant l'escorte ou quelque chose dans le même style?

— Jamais de la vie ! Nous avons été très doux. Nous avons provoqué ce que l'on pourrait appeler une aimable diversion.

— Bon, dit Maxwell, de toute façon, l'idée était idiote. Il y a trop d'argent en jeu; même en kidnappant une douzaine de Shakespeare, vous n'auriez jamais pu décider Harlow Sharp à renoncer à la vente de l'Artifact.

— Mais, de toute façon, tout n'est pas fini, dit Carol. Nous pourrions aller réveiller Arnold.

— Le seul moyen pour qu'Arnold nous aide, dit Maxwell, est de trouver pour le Temps la même somme d'argent que celle que Sharp a reçue du Roulant. Je n'en vois pas la possibilité et vous?

— Non, dit Oop.

Il souleva la jarre, la porta aux lèvres et la vida. Il se leva pour aller en prendre une autre dans la trappe. Soigneusement, il ôta le couvercle et la tendit à Carol :

— Prenons une cuite. Les journalistes seront ici dès demain matin, il nous faudra des forces pour les jeter dehors.

— Attends un peu, dit Maxwell, je sens une idée qui germe.

Ils attendirent l'éclosion de l'idée.

— Le transposeur ! s'exclama Maxwell. Celui dont je me servais sur la planète de cristal. Je l'ai retrouvé dans mon sac.

— Et alors? demanda Oop.

— Eh bien, imagine que l'Artifact ne soit qu'une tablette.

— Mais, Carol dit que...

— Je sais ce qu'elle dit, mais elle n'en est pas certaine. Elle pense avoir vu un œil qui la fixait, cela me paraît improbable.

— Vous avez raison, dit Carol. Je ne suis certaine de rien. Et ce que vous dites m'a l'air tout à fait possible, il s'agirait alors d'un document très important et plutôt encombrant. Peut-être quelque chose que la planète de cristal aurait laissé sur la Terre en pensant que personne n'irait jamais l'y chercher. Un document secret, caché.

— Même si c'était le cas, dit Oop, cela ne change rien en ce qui nous concerne. Le musée est fermé et Harlow Sharp ne l'ouvrira pas pour nous.

— Avec moi, nous pourrions entrer, dit Carol. Je pourrais téléphoner au gardien et lui dire que je dois entrer pour un travail que j'ai à faire. Ou bien que j'ai oublié quelque chose dont j'ai besoin. Je peux faire cela.

— Et vous pouvez perdre aussi votre place.

Elle haussa les épaules :

— Il y en a d'autres. Et puis, si nous obtenons un résultat...

— Il y a tellement peu de chances, protesta Maxwell. Il n'y a pas plus d'une chance sur un million. Je ne dis pas que cela me déplairait de tenter le coup mais...

— Et si vous faisiez une découverte vraiment importante? Nous pourrions aller trouver Sharp et lui expliquer et alors, peut-être que...

— Je ne sais pas, dit Maxwell. Cela m'étonnerait que nous découvrions quelque chose d'assez important pour qu'Harlow revienne sur la vente.

Maxwell regarda Carol.

— Pete, je crois que cela vaut la peine d'essayer, lui dit-elle.

XXII

Le passé les environnait, enfermé, mis en écrin, dressé sur piédestal. Partout, des témoins perdus et inconnus ramenés par des expéditions ayant sondé les recoins les plus secrets de l'histoire de l'humanité, des objets d'art, des instruments de folklore découverts dans le passé, des poteries encore en bon état, des flacons égyptiens contenant encore des onguents, des armes de fer venant tout droit de la forge, les rouleaux de la bibliothèque d'Alexandrie qui auraient brûlé si le Temps n'était arrivé à ce moment, la fameuse tapisserie d'Elie, pendant si longtemps disparue, tout cela et bien davantage encore les environnait.

Maxwell pensa que « Musée du Temps » n'était pas un bon nom, il aurait dû s'appeler le « Musée sans âge ». C'était en effet un lieu où les objets étaient mêlés, sans distinction d'époque, un bâtiment où se retrouvaient tous les rêves et les talents de l'humanité, sous forme d'objets neufs et brillants, fabriqués hier seulement. Plus besoin comme autrefois de deviner ce qu'était le passé grâce à quelques témoins épars, on pouvait ici manipuler les outils quotidiens de toutes les époques.

Debout à côté du piédestal, Maxwell écoutait les pas du gardien qui faisait sa ronde.

Carol avait tout arrangé. Pendant un moment, il s'était demandé si elle réussirait puis tout avait bien marché. Elle avait téléphoné au gardien et lui avait expliqué qu'elle voulait voir l'Artifact une dernière fois, avec deux de ses amis. Il les attendait devant une petite entrée ménagée dans la grande porte ouverte généralement au public.

— Ne tardez pas trop, avait-il bougonné, je ne sais pas si je devrais vous laisser faire.

— Ne vous en faites pas, avait répondu Carol.

Il s'était éloigné en marmonnant.

Une rangée de projecteurs éclairait l'Artifact.

Maxwell se glissa sous la corde de velours rouge qui entourait le piédestal et se hissa à côté de l'Artifact, il s'accroupit et fouilla dans sa poche pour y trouver le transposeur.

Il ne s'agissait que d'une drôle d'idée, amenée par le désespoir; il était ridicule de perdre ainsi son temps. Et même, s'il aboutissait à quelque chose, il était trop tard pour pouvoir agir. Demain, le Roulant prendrait possession de l'Artifact et du savoir emmagasiné sur la planète de cristal. Pour la race humaine, ce serait la porte fermée à cinquante billions d'années de connaissances laborieusement glanées sur deux univers. Toute cette science aurait dû appartenir à l'Université de la Terre, elle aurait pu lui appartenir mais maintenant, elle appartenait à un bloc culturel encore inconnu. Peut-être s'en servirait-il pour se transformer en cet ennemi cosmique tant redouté par la Terre.

Il avait démarré trop tard, il lui aurait fallu plus de temps pour trouver un soutien quelconque, pour pouvoir changer le cours des choses. Tout s'était ligué contre lui et maintenant, il était trop tard.

Il prit le transposeur et dut forcer un peu pour l'enfiler.

— Je vais vous aider, dit Carol.

Il sentit ses doigts habiles tirer sur les courroies et le mettre d'aplomb.

Il regarda en bas du piédestal et il aperçut Sylvester qui grognait à l'intention de Oop.

Oop suivit le regard de Maxwell :

— Ce chat ne m'aime pas. Il sent que je suis son ennemi naturel. Un jour il s'énervera et il m'attrapera.

— Vous êtes ridicule, dit Carol, ce n'est qu'un petit minet.

— Je ne le vois pas sous ce jour-là, dit Oop.

Maxwell installa le transposeur devant ses yeux.

Il regarda l'Artifact.

Il y avait quelque chose dans le bloc noir. Il pouvait distinguer des contours, des formes, l'Artifact n'était plus un bloc noir hermétique et indépendant au milieu de l'Univers. Il se tordit le cou pour trouver le meilleur angle. Il ne s'agissait pas d'inscriptions, il tourna la vis pour augmenter la puissance de l'instrument et joua un moment avec le mécanisme.

— Que se passe-t-il? demanda Carol.

— Je ne...

Tout à coup, il vit, emprisonné dans un coin du bloc comme un talon. Il était en peau chatoyante, à moins qu'il ne s'agisse d'écailles ou de cuir, orné de griffes luisantes, taillées dans du diamant. Le talon remuait et se débattait pour se libérer et attraper Maxwell.

Il fit un mouvement en arrière pour y échapper et il perdit l'équilibre. Il se sentit tomber et tenta une torsion pour ne pas atterrir sur le dos. Il heurta de l'épaule le cordon de velours et les piliers qui le soutenaient se renversèrent avec fracas. Le sol se rapprocha à toute vitesse et le choc fut violent. En touchant le cordon, il s'était retourné. Il tomba lourdement sur l'épaule mais sa tête évita le sol. Pour mieux voir, il fit, d'une tape, glisser le transposeur de côté.

Au-dessus de lui, l'Artifact se métamorphosait. Quelque chose en sortait, quelque chose de vivant, resplendissant de beauté. Tout d'abord, un museau allongé puis une tête fine et racée, surmontée d'une sorte de crête dentelée, acérée, s'étendant sur toute la longueur du cou. Le corps suivit, avec un poitrail énorme, une paire d'ailes repliées, des pattes antérieures déliées, terminées par des griffes de diamant. Le tout brillait à la lumière des projecteurs, chaque écaille faisait comme une tache aveuglante de blancheur.

Un dragon ! pensa Maxwell. Un dragon dans l'Artifact !

Le dragon était maintenant totalement dressé, après des siècles passés dans cette pierre noire.

Un dragon ! Après toutes ces années de recherche, il en voyait enfin un. Il ne ressemblait pas à ce qu'il avait imaginé. Il ne s'agissait pas d'un animal prosaïque formé de chair et d'écailles mais au contraire d'un symbolisme glorieux. C'était le symbole de l'époque glorieuse de la planète de cristal, peut-être même de l'Univers disparu, l'ancien et fabuleux compagnon des Trolls, des Lutins, des Fées, des Banshees et de tous ceux qui existaient autrefois. Un dragon, dont le nom avait été employé par des milliers de générations mais qu'aucun membre de l'humanité n'avait jamais vu.

Oop se tenait à côté d'un des piliers renversés, les jambes plus fléchies que jamais, comme s'il avait commencé à s'accroupir et était resté pétrifié. Ses énormes mains pendaient de chaque côté de son corps, les doigts repliés comme des griffes. Il regardait au-dessus de lui la terrible merveille sur le piédestal.

A ses pieds, Sylvester était tapi, paquet de muscles noués, la gueule grande ouverte sur ses crocs. Il était prêt à l'attaque.

Maxwell sentit une main sur son épaule et se retourna.

— Un dragon? demanda Carol.

Les mots avaient une consonance bizarre, comme si elle avait eu peur de les prononcer et qu'elle les avait extirpés péniblement du fond de sa gorge. Elle ne regardait pas Maxwell mais le dragon. Celui-ci remua la queue, qu'il avait longue et sinueuse et Oop fit un bond pour éviter d'être balayé.

Sylvester feula furieusement et s'avança en rampant.

— Couché, Sylvester! lui ordonna Maxwell.

Oop s'approcha rapidement et agrippa le chat par une de ses pattes postérieures.

— Parlez-lui, dit Maxwell à Carol. Si cet imbécile de chat l'attaque, cela va faire du bruit.

— Vous parlez de Oop? Il ne lui fera rien.

— Non, je parle du dragon, s'il l'attaque...

Un grondement de fureur s'éleva dans l'obscurité et des pas de course retentirent.

— Que se passe-t-il? demanda le gardien qui sortit des ténèbres en courant.

Le dragon se dressa sur le piédestal et en descendit d'un bond. Il se tourna vers le gardien.

— Attention! cria Oop qui tenait toujours Sylvester.

Le dragon avança avec soin, presque délicatement, la tête inclinée, d'un air interrogateur. Il agita la queue et balaya toute une table d'exposition, entraînant une demi-douzaine de coupes et de vases que se brisèrent en morceaux brillants.

— Ça suffit maintenant ! aboya le gardien. Tout à coup, il prit conscience du dragon et l'aboiement se transforma en un hurlement de terreur. Il fit demi-tour et s'enfuit à toute vitesse. Le dragon le suivit au trot, sans hâte, l'air très intéressé. Sa progression était marquée par des bruits de casse.

— Si nous ne le sortons pas d'ici, dit Maxwell, il ne va rien rester. Au train où il va, tout sera détruit en moins d'un quart d'heure. Et Oop, pour l'amour du ciel, tiens ce chat. Pas de carnage, s'il te plaît.

Maxwell se releva, ôta le transposeur et le fourra dans sa poche.

— Je pourrais ouvrir les portes, suggéra Carol et nous le pousserions dehors. Bien entendu je parle des grandes portes.

— Que vaux-tu comme berger de dragon? demanda Maxwell à Oop.

Le dragon s'était égaré dans le fond du bâtiment et, maintenant il en revenait.

— Oop, dit Carol, aidez-moi à ouvrir les portes. J'ai besoin d'un homme fort.

— Et le chat?

— Laisse-le moi, dit Maxwell. Peut-être aura-t-il peur de moi et alors il se tiendra tranquille.

Les bruits de casse continuaient. Maxwell grimaça en pensant à la fureur de Sharp. Le musée entièrement démoli, l'Artifact transformé en un mastodonte déchaîné, il ne serait plus question d'amitié.

Il fit quelques pas vers les bruits, suivi par Sylvester. Dans l'obscurité, Maxwell discerna le dragon qui se démenait.

— Tout doux mon vieux, lui dit-il.

C'était un peu bête et pas très approprié. Comment fallait-il parler à un dragon?

Sylvester émit un grognement rauque.

— Toi, ne t'en mêle pas, lui dit sèchement Maxwell. Tout va assez mal comme cela.

Il se demanda ce qu'il était advenu du gardien. Il était plus que certain qu'il était en train d'appeler la police et de déchaîner les foudres.

Derrière lui, il entendit le grincement des portes qui s'ouvraient. Si seulement le dragon avait la patience d'attendre qu'elles soient complètement ouvertes, il aurait ensuite tout le temps de se dépenser dehors. Et une fois dehors, que se passerait-il? Maxwell frissonna en songeant au grand animal dévalant les rues et les mails. Après tout, peut-être valait-il mieux le garder enfermé?

Il demeura un instant indécis, pesant le pour et le contre de la mise en liberté du dragon. Le musée était déjà presque complètement dévasté et dans le fond, peut-être valait-il mieux achever le massacre plutôt que lâcher la créature sur le campus.

Les portes continuaient à s'ouvrir en grinçant. Le dragon qui jusqu'alors s'était contenté de trottiner, prit son élan et se dirigea au galop vers l'ouverture.

Maxwell se retourna :

— Fermez les portes! hurla-t-il avant de se jeter sur le côté pour éviter le dragon au galop.

Les grondements de Sylvester résonnèrent dans le musée et il se lança à la poursuite du dragon.

— Couché, Sylvester! Arrête! appela Carol.

La queue du dragon sifflait d'un côté à l'autre dans sa course. Les sous-verre et les tables s'effondrèrent, les statues valsèrent, un sillage de dévastation suivait le dragon dans sa course vers la liberté.

Maxwell suivait le chat en courant et en jurant,

sans savoir pourquoi il courait. Il ne pouvait rattraper le dragon.

Celui-ci atteignit la sortie et d'un seul bond, il s'éleva, les ailes déployées.

Arrivé sur le seuil, Maxwell s'arrêta. Sylvester aussi s'était arrêté en dérapant et il était en train de se redresser, tout en grognant.

Le spectacle était magnifique. La lumière de la lune éclairait les ailes du dragon et donnait aux écailles des reflets rouges, bleus et dorés qui faisaient un éblouissant arc-en-ciel.

Oop et Carol arrivèrent et s'immobilisèrent pour contempler le ciel.

— Magnifique ! s'exclama Carol.

— N'est-ce pas? dit Maxwell.

Ce n'est qu'alors qu'il réalisa exactement ce qui s'était passé. Il n'y avait plus d'Artifact et le contrat passé avec le Roulant ne valait plus rien, ce qui était vrai aussi pour n'importe quel arrangement pour la planète de cristal, s'il avait pu en trouver un. La chaîne d'événements qui avait débuté avec la copie de sa fréquence d'onde était terminée. C'était comme si rien ne s'était passé.

Le dragon volait maintenant plus haut dans le ciel et on n'apercevait plus qu'une tache de couleurs chatoyantes.

— Tout est à l'eau, que faisons-nous? demanda Oop.

— C'est ma faute, déclara Carol.

— Ce n'est la faute de personne, dit Oop.

— Bon, dit Maxwell, de toute façon, nous avons ruiné les plans de Harlow.

— Tu peux le dire, dit une voix derrière eux. Quelqu'un peut-il me dire ce qui se passe ici?

Ils se retournèrent.

Harlow Sharp se tenait sur le seuil. Le musée

était allumé et sa silhouette se détachait nettement sur l'encadrement des portes.

— Le musée est fichu, continua-t-il. L'Artifact a disparu et je vous trouve là tous les deux. Vous auriez pu me prévenir. Mademoiselle Hampton, je suis stupéfait, je vous croyais trop intelligente pour vous laisser embarquer par deux si tristes individus. Et ce chat complètement fou...

— Laissez-le tranquille, il n'a rien à voir là-dedans, dit Carol.

— Alors, Pete?

Maxwell secoua la tête :

— C'est assez difficile à expliquer.

— C'est ce que je pense, dit Sharp. Avais-tu déjà tout manigancé quand tu es venu me voir tout à l'heure?

— Non, il s'agit d'un accident.

— Un accident qui revient cher. Cela t'intéressera peut-être de savoir que vous avez détruit au moins un siècle de travail. A moins que l'Artifact ne soit caché dans un coin, auquel cas, je te demanderai de me le rendre dans les cinq secondes.

Maxwell bondit :

— Je n'y ai pas touché. Je ne sais pas ce qui s'est passé. Il s'est transformé en dragon.

— En quoi?

— En dragon.

— Je me souviens. Tu racontais toujours des histoires de dragon. Tu es parti pour Coonskin pour en trouver, on dirait que c'est fait. J'espère qu'il en vaut la peine.

— Il est très beau, dit Carol. Tout doré et rutilant.

— Bravo! N'est-ce pas épatant? Nous allons gagner des millions en organisant des tournées. Le dragon pourra être la vedette d'un cirque. Je vois déjà les affiches : LE SEUL DRAGON AU MONDE.

— Mais il s'est envolé, dit Carol.

— Oop, dit Sharp, vous n'avez pas ouvert la bouche, que se passe-t-il? Vous avez d'habitude la langue plus déliée.

— Je suis humilié, répondit Oop.

Sharp se détourna de Oop et s'adressa à Maxwell :

— Pete, tu te rends compte sûrement de ce que tu as fait? Le gardien m'a téléphoné, il voulait prévenir la police, je lui ai demandé d'attendre et je suis venu. Je ne pensais pas que les choses en seraient arrivées là. L'Artifact a disparu et je ne pourrai pas le donner à l'acheteur. Cela veut dire que je devrai rembourser le Roulant. Et tout un tas d'objets sont réduits à rien du tout...

— C'est le dragon qui a tout cassé avant que nous ne le fassions sortir, dit Maxwell.

— Ainsi, vous l'avez fait sortir? Il ne s'est pas échappé, vous l'avez tout simplement laissé sortir.

— Il cassait tout. Nous n'avons pas réfléchi.

— Réponds-moi honnêtement. Il y avait vraiment un dragon?

— Oui, il était emprisonné dans l'Artifact. Peut-être était-ce l'Artifact lui-même. Ne me demande pas comment il en est sorti. Sans doute par un enchantement.

— Un enchantement?

— Les enchantements existent, Harlow. Je ne sais pas comment, j'ai essayé pendant longtemps de comprendre et je ne suis pas plus avancé qu'au premier jour.

— Il me semble qu'il manque quelqu'un, dit Sharp. Quand il y a du grabuge, il y a généralement quelqu'un d'autre dans le coup. Pouvez-vous me dire où est Fantôme?

Oop hocha la tête :

— Il est difficile de le suivre, il disparaît toujours.

— Cela n'est pas tout, dit Sharp. Il y a autre chose qui doit retenir notre attention. Shakespeare a disparu. Je me demande si l'un d'entre vous pourrait m'éclairer?

— Il a passé un moment avec nous, dit Oop. Nous allions nous mettre à dîner quand Fantôme s'est rappelé qu'il était le spectre de Shakespeare. Vous savez qu'il se pose la question depuis des années.

Lentement, Sharp s'assit sur la première marche du perron et il porta son regard de l'un à l'autre.

— Rien ! Vous n'avez rien oublié quand vous avez entrepris de ruiner Harlow Sharp. C'est du bon travail.

— Nous n'avons jamais voulu vous ruiner, protesta Oop. Nous n'avons rien contre vous, les choses ont commencé à aller mal d'elles-mêmes et elles ne se sont pas arrêtées.

— En toute justice, je devrais poursuivre chacun d'entre vous jusqu'à son dernier centime. Je devrais demander un jugement, et je l'obtiendrais, qui vous obligerait à travailler pour le Temps jusqu'à la fin de vos jours. Mais à vous trois, vous pourriez à peine rembourser une fraction de ce que vous avez coûté ce soir au Temps. Alors, cela ne servirait à rien. Toutefois, à mon avis, la police va vouloir fourrer son nez dans votre gâchis. Je ne crois pas que l'on puisse l'éviter. Vous aller avoir à répondre à de nombreuses questions.

— Si on voulait m'écouter, dit Maxwell, je pourrais tout expliquer. C'est ce que j'essaye de faire depuis mon retour. Je veux trouver quelqu'un qui m'écoute. J'ai essayé avec toi cet après-midi...

— Alors, dit Sharp, commence à tout m'expliquer à moi. J'éprouve une curiosité toute légitime. Allons dans mon bureau de l'autre côté de la rue, nous pourrons y bavarder, à moins que cela ne vous convienne pas. Vous avez sans doute encore une chose ou deux à faire pour terminer de mettre le Temps en faillite.

— Non, dit Oop. Nous avons terminé, je vous le dis. Bien vrai !

XXIII

L'inspecteur Drayton quitta péniblement la chaise sur laquelle il était installé dans la salle d'attente de Sharp.

— Je suis heureux que vous arriviez, docteur Sharp, il s'est passé quelque chose...

L'inspecteur arrêta net son discours en croisant le regard de Maxwell.

— Ainsi, c'est vous, dit l'inspecteur, je suis heureux de vous voir. Vous m'avez fait courir.

Maxwell fit la grimace :

— Je ne suis pas certain, inspecteur, d'éprouver le même plaisir.

S'il existait quelqu'un dont il aurait bien pu se passer en ce moment, c'était justement l'inspecteur Drayton.

— Et qui êtes-vous donc? lui demanda sèchement Sharp. Que signifie votre intrusion?

— Je suis l'inspecteur Drayton, de la Sécurité. J'ai eu une petite entrevue avec le professeur Maxwell lors de son retour sur la Terre mais il reste encore quelques questions...

— En ce cas, l'interrompit Sharp, je vous prie d'attendre votre tour. J'ai une affaire à voir avec le docteur Maxwell et j'ai bien peur qu'elle ne l'emporte sur la vôtre.

— Vous ne comprenez pas, dit Drayton. Je ne suis pas venu ici pour arrêter votre ami. Je ne m'attendais pas à le voir arriver avec vous. J'aurais besoin de votre aide pour une autre affaire. Voyez-vous, j'avais entendu dire que le professeur Maxwell assistait à la dernière soirée de Mlle Clayton, alors j'ai été la voir et...

— Expliquez-vous, mon brave, dit Sharp. Que vient faire Nancy...

— Je ne sais pas, Harlow, dit Nancy Clayton depuis le seuil du bureau. Je n'ai jamais voulu être mêlée à quoi que ce soit. Tout ce que j'essaye de faire c'est distraire mes amis et je ne vois pas ce qu'il y a de mal.

— Je vous en prie, Nancy, dit Sharp, commencez par me dire de quoi il s'agit. Pourquoi êtes-vous ici ainsi que l'inspecteur Drayton et pourquoi...

— Il s'agit de Lambert, dit Nancy.

— Vous parlez de celui qui a fait le tableau que vous possédez?

— J'en ai trois, dit fièrement Nancy.

— Mais, il est mort depuis plus de cinq cents ans.

— C'est aussi ce que je pensais, dit Nancy, mais il est arrivé ce soir. Il a déclaré être perdu.

Un homme pénétra dans la pièce, écartant Nancy. Il était grand et rude, avec des cheveux couleur sable et un visage marqué de rides profondes.

— On dirait que vous parlez de moi. Verriez-vous un inconvénient à ce que je m'explique directement?

Il parlait avec un drôle d'accent et il les regardait tranquillement, avec une expression de grande bonté dans les yeux. Il était impossible de lui trouver quoi que ce soit d'antipathique.

— Vous êtes Albert Lambert? demanda Maxwell.

— Oui, et j'espère que je ne vous dérange pas mais j'ai un problème.

— Et vous pensez être le seul? demanda Sharp.

— Je ne sais pas. Je pense que beaucoup de gens en ont. Quand on a un problème, la question est de savoir où aller pour y trouver une solution.

— Monsieur, dit Sharp, je suis exactement dans la même situation et tout comme vous, je cherche la réponse.

— Mais ne voyez-vous pas, dit Maxwell, que Lambert a été bien inspiré? Il est venu directement là où on peut résoudre son problème.

— A votre place, jeune homme, dit Drayton, je ne serais pas si catégorique. L'autre jour, vous vous êtes montré très rusé, mais cette fois-ci, je ne vous laisserai pas vous défiler. J'ai un tas de questions...

— Inspecteur, je vous prie de rester en dehors de tout cela, dit Sharp. Les choses sont assez compliquées sans que vous vous en mêliez. L'Artifact a disparu, le musée est entièrement dévasté et Shakespeare s'est volatilisé.

— Mais tout ce que je veux, dit Lambert calmement, est retourner chez moi, en 2023.

— Attendez une minute, ordonna Sharp. De quoi parlez-vous?

— Harlow, je t'ai tout expliqué cet après-midi. Je t'ai posé des questions à propos de Simonson. Tu te le rappelles sûrement?

— Simonson, oui maintenant je me le rappelle. Sharp regarda Lambert. Vous êtes celui qui a peint l'Artifact.

— L'Artifact?

— Une grosse pierre noire en haut d'une colline.

— Non, je ne l'ai pas peint mais je pense le faire. En fait, il semble que je l'ai déjà peint car Mlle Clayton me l'a montré et il s'agit incontestablement d'une de mes œuvres. Et d'ailleurs, je ne trouve pas cela trop mal.

— Alors, vous avez réellement vu l'Artifact? Vous êtes allé à l'époque jurassique?

— Jurassique?

— Deux cents millions d'années en arrière.

Lambert parut surpris :

— Ainsi, c'était il y a si longtemps? Je savais qu'il s'agissait d'une époque très lointaine, j'ai vu des dinosaures.

— Mais vous deviez être au courant puisque vous voyagiez dans le temps.

— L'ennui, c'est que mon unité de temps s'est déréglée. Je ne peux pas choisir mon époque.

Sharp se prit la tête entre les mains :

— Voyons. Ne nous précipitons pas, regardons une chose à la fois.

— Je vous ai expliqué, dit Lambert, que je ne demandais qu'une chose, c'est rentrer chez moi, dans mon époque.

— Où est votre engin? demanda Sharp. Nous pourrions y jeter un coup d'œil.

— Il n'est nulle part. Je le promène partout, il est dans ma tête.

— Dans votre tête? Une unité de temps dans la tête, mais c'est impossible!

Maxwell sourit à Sharp :

— Cet après-midi, vous m'avez dit que Simonson avait très peu parlé de sa machine à voyager dans le temps. Il semble...

— C'est vrai, je vous ai dit cela mais qui aurait pu penser à un système installé dans le cerveau même du sujet? Cela implique un principe que nous ignorons totalement.

Il se tourna vers Lambert :

— Avez-vous la moindre idée du fonctionnement du mécanisme?

— Pas du tout. Tout ce que je sais, c'est qu'à partir du moment où on me l'a installé dans le crâne, j'ai acquis la faculté de voyager dans le temps. Je peux vous assurer que cela n'a pas été une petite opération. Il me suffit de penser à l'époque où je veux aller, en m'appuyant sur quelques coordonnées assez simples, et j'y suis. Mais quelque chose s'est détraqué. Je vais et je viens dans le temps, sans pouvoir jamais me trouver à l'époque que je désire.

— Cela présente des avantages certains, dit Sharp. Cela permet l'indépendance d'action, et c'est beaucoup moins volumineux que le système que nous connaissons. Il faudrait l'installer dans le cerveau et... Lambert, je suppose que vous n'y connaissez pas grand chose?

— Rien du tout, je vous l'ai déjà dit. Je ne m'y suis pas beaucoup intéressé. Simonson est un de mes amis...

— Mais pourquoi êtes-vous venu ici? En ce lieu, à cette époque?

— Un accident, rien de plus. Une fois arrivé, j'ai eu l'impression que c'était beaucoup plus civilisé que beaucoup d'autres endroits dans lesquels j'avais été. Je me suis posé des questions pour savoir comment m'orienter. Une des premières choses que j'ai apprises a été que vous connaissiez les voyages dans le temps et qu'il existait un Collège du Temps; donc je n'avais jamais été si avant dans le futur. Ensuite, on m'a dit que Mlle Clayton possédait une de mes œuvres. Je me suis dit qu'elle serait sans doute bien disposée à mon égard et je me suis mis à sa recherche, pour qu'elle me dise où je pourrais trouver quelqu'un qui pourrait me renvoyer chez moi.

Et c'est pendant que j'étais chez elle que l'inspecteur est arrivé.

— Avant de poursuivre, monsieur Lambert, dit Nancy, je voudrais vous poser une question. Pourquoi lorsque vous étiez à l'époque jurassique et que vous avez peint ce tableau...

Lambert la coupa :

— Vous oubliez que je ne l'ai pas encore peint. J'ai fait quelques esquisses et un de ces jours...

— Eh bien, disons quand vous peindrez ce tableau, pourquoi n'y mettrez-vous pas de dinosaures? Vous venez de dire qu'il y en avait.

— Je n'en ai pas mis pour la simple raison qu'il n'y en avait pas.

— Mais vous avez dit...

— Vous devez comprendre, expliqua patiemment Lambert, que je ne peins que ce que je vois. Je ne change rien à la réalité. Et il n'y avait pas de dinosaures parce que les créatures du tableau les avaient chassés. C'est pourquoi je n'ai peint ni les dinosaures ni les autres créatures.

— De quoi parlez-vous? demanda Maxwell. Qu'étaient ces autres créatures?

— Eh bien, mais celles avec des roues !

Il s'interrompit et contempla les visages abasourdis de ses auditeurs :

— Ai-je dit quelque chose de mal?

— Oh non, pas du tout, dit gentiment Carol. Continuez, monsieur Lambert. Parlez-nous de ces créatures.

— Vous ne me croirez probablement pas. Je ne sais pas ce qu'elles étaient au juste. Peut-être des esclaves, des chevaux de trait, des porteurs de fardeaux. Elles étaient vivantes mais elles avaient des roues à la place des pieds et chacune d'entre elles était un amas d'insectes, un genre de fourmis ou d'abeilles. Vous ne me croyez sans doute pas mais je vous jure....

Ils perçurent à ce moment un bruit de roues qui descendaient le couloir. Le bruit se rapprocha et devint plus distinct; arrivé à hauteur de la porte, il diminua et tout à coup, ils virent un Roulant dans l'embrasure de la porte.

— En voilà une, dit Lambert. Comment cela se fait-il?

— Monsieur Marmaduke, dit Maxwell, je suis heureux de vous revoir.

— Non, dit le Roulant, je ne suis pas M. Marmaduke, vous ne le verrez plus. Il est en disgrâce, il a commis une grave erreur.

Sylvester fit un pas en avant mais Oop l'agrippa par la peau du cou. Il le tint pressé contre lui, et le chat essaya de se dégager en se débattant.

— Un engagement avait été pris, continua le Roulant, par un humanoïde répondant au nom de Harlow Sharp. Lequel d'entre vous se nomme ainsi?

— Je suis votre homme, dit Sharp.

— Alors, monsieur, je dois vous demander ce que vous avez l'intention de faire pour remplir votre engagement?

— Je ne peux rien faire. L'Artifact est parti et ne pourra être livré. Vous serez bien sûr remboursé.

— Ceci, monsieur Sharp, ne sera pas suffisant. Nous allons vous intenter un procès. Nous allons faire de notre mieux pour vous ruiner et...

— Misérable roulette, hurla Sharp, vous n'avez aucune loi pour vous. La loi galactique ne s'applique pas à une créature comme vous. Si vous croyez pouvoir venir ici pour me menacer...

Fantôme apparut juste devant la porte.

— Il est grand temps, lui dit Oop, furieux. Où

as-tu passé la soirée? Qu'as-tu fait de Shakespeare?

— Le barde va bien, dit Fantôme. Mais j'ai d'autres nouvelles.

Il fit un geste en direction du Roulant :

— D'autres Roulants comme celui-ci ont envahi la réserve des Lutins pour capturer le dragon.

Ainsi, se dit Maxwell, c'était le dragon qu'ils voulaient. Se pouvait-il qu'ils en aient connu l'existence depuis le début?

Sûrement, car ils existaient à l'époque jurassique. Ils effectuaient les travaux à l'époque jurassique sur la Terre, mais sur combien d'autres planètes et à combien d'autres époques avaient-ils fait la même chose? Lambert avait dit qu'ils étaient les serfs, les chevaux de trait, les portefaix. Etaient-ils les représentants les plus inférieurs de l'ancienne colonie, ou bien l'avaient-ils été? A moins qu'ils ne soient que des animaux domestiques équipés d'un moteur génétique.

Et maintenant, ces anciens esclaves avaient fondé leur propre empire et ils voulaient quelque chose qu'ils considéraient, peut-être à juste titre, comme leur héritage, puisque nulle part ailleurs, il n'y avait de trace du grand projet de colonisation de la planète de cristal.

Peut-être avaient-ils raison. Dans le fond, c'était leur labeur qui avait fait fonctionner le projet. Peut-être que le Banshee avait pensé faire justice quand il avait voulu aider les Roulants. A moins qu'il n'ait trouvé que le trésor de science ne devait pas aller à des étrangers, mais plutôt à ceux qui avaient aidé à l'élaboration du grand projet de colonisation.

Sharp s'adressa au Roulant :

— Vous voulez dire que pendant que vous êtes là à me menacer, vos semblables, ces bandits sont en train de...

— Il joue sur tous les tableaux, dit Oop.

— Le dragon est retourné chez lui, dit Fantôme. Le seul havre qu'il connaisse sur toute la planète, la résidence des Petits Hommes. Il a voulu revoir ses compagnons. Il survolait la vallée dans le clair de lune quand les Roulants l'ont attaqué. Ils essayent de le faire tomber pour le capturer. Il lutte magnifiquement mais...

— Les Roulants ne volent pas, lui fit remarquer Sharp. Vous dites qu'ils sont nombreux, ou tout au moins, vous le laissez supposer, or c'est impossible, M. Marmaduke était seul.

— Je vous assure qu'ils volent, dit Fantôme, et leur nombre est surprenant. Peut-être étaient-ils ici depuis toujours, cachés. Ils sont peut-être venus par la gare des Transports.

— Il faut y mettre fin, dit Maxwell, nous pourrions appeler les Transports?

Sharp fit non de la tête :

— C'est impossible, les Transports sont intergalactiques, pas seulement terrestres. Nous ne pouvons rien faire.

— Monsieur Marmaduke, dit l'inspecteur de sa voix la plus officielle, je crois que je ferais mieux de vous conduire au poste.

— Cessez ces bavardages, commanda Fantôme. Les Petits Hommes ont besoin de nous.

Maxwell s'empara d'une chaise et la brandit :

— Ne faisons plus les idiots. Et vous, l'ami, dit-il au Roulant, vous allez parler, sinon je vais vous démolir.

Des sortes de petits lance-flammes jaillirent de la poitrine du Roulant et une odeur fétide les saisit. Leur estomac se révulsa et ils suffoquèrent.

Maxwell se sentit tomber sur le sol, incapable de contrôler son corps qui lui semblait paralysé par la terrible odeur. Il roula au sol et il s'agrippa la gorge des deux mains pour la déchirer et permettre à l'air d'y pénétrer. Mais il n'y avait plus d'air, rien que l'odeur méphitique du Roulant.

Au-dessus de lui, il entendit un hurlement effroyable et il vit Sylvester, suspendu, les griffes enfoncées dans le haut du corps du Roulant, labourant de ses pattes arrière la panse transparente dans laquelle se trémoussait l'immonde vermine. Les roues du Roulant roulaient frénétiquement mais elles ne fonctionnaient plus bien, tournant en sens inverse ce qui lui faisait danser un ballet vertigineux. Sylvester était toujours désespérément accroché, occupé à déchirer le ventre du Roulant. On aurait dit qu'ils dansaient la valse.

Une main invisible agrippa Maxwell par le bras et le traîna sans cérémonie. Il heurta le seuil et bientôt la puanteur diminua. Il aspira enfin une bouffée d'air.

Il roula sur lui-même, se mit à quatre pattes et fit un effort pour se relever. Il se frotta les yeux, l'air était encore lourd mais il ne suffoquait plus.

Sharp était allongé contre le mur, en train de haleter et de s'essuyer les yeux. Carol était effondrée sur le sol. Oop tirait Nancy hors de la pièce empuantie de laquelle provenaient les cris du tigre au travail.

Maxwell fit quelques pas en titubant, il ramassa Carol et la balança sur son épaule comme un sac de pommes de terre. Il fit demi-tour et se retrancha dans le couloir.

Il s'arrêta après avoir parcouru une dizaine de mètres et en se retournant, il vit le Roulant se précipiter hors du bureau. Il s'était finalement débarrassé de Sylvester et ses deux roues tournaient à l'unisson. Il s'avança dans le couloir, roulant désespérément, de biais, se heurtant aux murs. Une grande déchirure s'ouvrait au milieu de sa panse et de petits objets blanchâtres en tombaient qui s'éparpillaient sur le sol.

A trois mètres de Maxwell, une des roues se brisa en heurtant le mur et il s'effondra. Lentement, avec une sorte de dignité, il bascula et son ventre ouvert vomit un demi-hectolitre de vermine qui se répandit sur le sol.

Sylvester arriva furtivement, le museau tendu par la curiosité, marchant à longs pas souples sur son ouvrage. Oop et les autres le suivaient.

— Vous pouvez me poser maintenant, dit Carol.

Maxwell la remit sur ses pieds, elle s'appuya contre le mur :

— Je n'ai jamais vu une façon aussi indigne de porter quelqu'un. Vous n'êtes pas galant pour un sou.

— Excusez-moi, dit Maxwell, j'aurais dû vous laisser là-bas.

Sylvester s'était arrêté et il reniflait le Roulant en tendant le cou avec des mines de dégoût et de surprise. Le Roulant ne donnait aucun signe de vie. Satisfait, Sylvester se retira et, accroupi, se mit à faire sa toilette. A côté du corps du Roulant, le tas d'insectes remuait, quelques-uns se dirigèrent même vers le mur.

Sharp fit un crochet en passant devant le Roulant:

— Venez, dit-il, sortons d'ici.

Le couloir empestait encore.

Nancy gémit :

— Mais que signifie toute cette histoire? Pourquoi M. Marmaduke?...

— Rien que des insectes puants, dit Oop. Pouviez-vous imaginer cela? Une race galactique composée d'insectes puants ! Et nous en avions peur !

L'inspecteur Drayton s'avança avec importance :

— Je vais vous demander à tous de me suivre, pour les dépositions.

— Des dépositions ! s'exclama Sharp. Vous devez avoir perdu la tête. Des dépositions en un moment pareil, alors qu'il y a un dragon en liberté et que...

— Mais, protesta Drayton, un extra-terrestre a été tué. Et il ne s'agit pas de n'importe qui, il appartenait à la race qui est peut-être notre ennemie. Cela pourrait avoir des répercussions.

— Inscrivez simplement, dit Oop, « Tué par une bête sauvage ».

— Oop, s'écria Carol, vous n'avez rien trouvé de mieux? Sylvester n'a rien de sauvage, il est doux comme un chaton, et en plus il n'est pas une bête.

Maxwell regarda autour de lui :

— Où est Fantôme?

— Il a pris la poudre d'escampette, dit Oop. Comme à chaque fois que les choses se gâtent. C'est un poltron.

— Mais il a dit...

— Il n'y a pas de temps à perdre. O'Toole a besoin de nous.

XXIV

Lorsqu'ils descendirent de la chaussée, ils trouvèrent M. O'Toole qui les attendait :

— Je savais que vous viendriez. Fantôme m'avait dit qu'il vous trouverait. Nous avons bien besoin de quelqu'un pour faire entendre raison aux Trolls qui se sont cachés et baragouinent sous leur pont. Ils ne veulent rien entendre.

— Qu'est-ce que les Trolls ont à voir là-dedans? demanda Maxwell. Ne pourriez-vous pour une fois les laisser tranquilles?

M. O'Toole expliqua :

— Les Trolls, aussi infects soient-ils sont peut-être notre seul salut. Ils sont les seuls, parce qu'ils ne sont pas assez civilisés ou pas assez polis, à connaître encore les anciens enchantements. Ils sont spécialisés dans les méchants tours et les enchantements les plus mesquins. Les Fées aussi, bien entendu, ont gardé les pouvoirs traditionnels mais leurs tours sont gentils et aujourd'hui, nous n'avons que faire de gentillesse.

— Pouvez-vous nous expliquer ce qui se passe exactement? demanda Sharp. Fantôme ne nous a rien dit.

— Je vais vous raconter, mais mettons-nous en

route. Nous n'avons pas de temps à perdre. Les Trolls sont bornés et vous allez avoir besoin de beaucoup de persuasion pour les décider à nous aider. Ils se cachent dans les pierres moussues de leur vieux pont et ils ricanent comme des fous. C'est bien triste à dire mais je crois qu'ils le sont vraiment.

Ils peinaient, en file indienne, le long de la pente rocheuse qui suivait la gorge entre les collines. Le soleil se levait mais le sentier, perdu dans les arbres et bordé de taillis était encore dans l'obscurité. Ça et là, des oiseaux s'éveillaient en gazouillant. Dans le lointain, on entendait le cri d'un raton-laveur.

— Le dragon est revenu auprès de nous, leur expliqua M. O'Toole. C'est le seul endroit sur terre où il pouvait aller pour retrouver les siens. Les Roulants, qui autrefois s'appelaient autrement, l'ont attaqué, en formation, comme des manches à balai. Il ne faut pas qu'ils le fassent tomber car alors ils le captureraient et l'emporteraient rapidement. Il s'est battu avec noblesse mais il commence à être fatigué. Nous devons faire vite pour l'aider.

— Et vous comptez sur les Trolls pour descendre les Roulants, comme ils ont descendu l'avion, dit Maxwell.

— Vous comprenez très facilement, mon ami. C'est exactement à quoi je pense. Mais ces Trolls insensés en font un marché.

— Je ne savais pas, dit Sharp, que les Roulants pouvaient voler. Je ne les ai jamais vus que rouler.

— Ils ont encore beaucoup de ressources, dit O'Toole. Ils peuvent faire sortir de leur corps une foule d'appareils incroyables. Des lance-gaz, des fusils mortels, des fusées pour se transformer en manches à balai d'une rapidité surprenante. Et jamais ils ne font le bien, ils sont pleins de haine et de rancœur. Après toutes ces années passées dans l'oubli de la Galaxie, l'envie les dévore comme un cancer, ils guettent l'occasion de devenir ce qu'ils ne seront jamais, car ce ne sont que des minus.

— Mais pourquoi s'embêter avec les Trolls? demanda Drayton de mauvaise humeur. Je peux disposer d'avions et de fusils...

— N'essayez pas de vous faire passer pour plus bête que vous n'êtes, lui dit Sharp. Nous ne pouvons lever le petit doigt contre eux. Nous ne pouvons créer d'incident. Les Humains doivent rester en dehors de tout cela. C'est une affaire à régler entre les Petits Hommes et leurs anciens esclaves.

— Mais le chat en a déjà tué un.

— Le chat n'est pas un Humain.

— Sylvester n'a essayé que de nous défendre, protesta Carol.

— Faut-il marcher si vite? gémit Nancy. Je ne suis pas habituée.

— Prenez mon bras, lui offrit Lambert. Le sentier est en effet un peu raide.

— Savez-vous, Pete, demanda Nancy tout excitée, que monsieur Lambert a accepté d'être mon invité pour environ un an. Il me fera quelques toiles. N'est-ce pas merveilleux pour lui?

Le sentier grimpait à flanc de côteau depuis trois cents mètres et maintenant, il redescendait vers le ravin encombré de blocs de pierre. Dans la lumière du matin, on aurait dit de grosses bêtes tapies. Le vieux pont enjambait le ravin. En regardant sa structure médiévale, Maxwell se dit qu'il était difficile de croire que sa construction ne datait que de quelques dizaines d'années, au moment de l'installation de la réserve.

Cela ne faisait que deux jours qu'il était de retour sur la Terre. Etait-ce bien vrai? Tant de choses s'étaient produites, et tellement incroyables ! Et cela continuait; mais de l'issue de tous ces événements pouvait dépendre l'avenir de l'humanité et de la fédération installée par l'Homme parmi les étoiles.

Il essaya de faire appel à sa haine pour les Roulants mais il n'en ressentait pas. Ils étaient trop différents des Humains pour inspirer un tel sentiment. Ils étaient plutôt des abstrations du mal que des êtres vraiment mauvais. Cette distinction évidemment, ne les rendait pas moins dangereux. C'était sûrement eux qui avaient assassiné l'autre Peter Maxwell car lorsque le cadavre avait été découvert, il flottait dans les alentours une odeur étrange et méphitique, tout comme celle dégagée par le Roulant dans le bureau de Sharp. Il avait été assassiné certainement parce que les Roulants avaient cru que c'était lui qui était allé sur la planète de cristal et qu'ils désiraient l'éliminer pour l'empêcher d'intervenir entre eux et le Temps. Mais, lors du retour du deuxième Maxwell, ils avaient reculé devant un second meurtre et c'est pourquoi M. Marmaduke avait tenté de l'acheter.

Maxwell se souvint de Churchill. Dès que tout serait terminé, quel que soit le résultat, il se promit de le retrouver et de lui faire payer ce qu'il devait.

Ils arrivèrent au pont et s'arrêtèrent dessous :

— Eh ! Les Trolls de rien du tout ! appela M. O'Toole. Nous sommes venus vous parler.

— Taisez-vous, dit Maxwell au Lutin. Ne vous en mêlez pas, vous ne savez pas les prendre.

— C'est normal. Ils sont obstinés et ignorent ce qu'est l'honneur.

— Calmez-vous. Plus un mot.

Ils attendirent tous en silence et finalement, une voix criarde s'adressa à eux, sortie de quelque part à l'autre bout du pont :

— Qui est là? Si vous êtes là pour nous maltraiter, nous ne nous laisserons pas faire. O'Toole, le fort en gueule nous a toujours malmenés et injuriés. Maintenant, c'est terminé.

— Je m'appelle Maxwell. Je viens vous demander votre aide.

— Maxwell? C'est bien vous, le bon ami d'O'Toole?

— Je suis votre ami à tous. Je suis resté auprès du Banshee quand il est mort, à votre place.

— Mais vous trinquez avec O'Toole, vous discutez avec lui et vous écoutez ses mensonges.

O'Toole fit un bond en avant, fou furieux :

— Je t'enfoncerai ce que tu viens de dire dans la gorge. Attends donc un peu que je t'attrape...

Il s'arrêta net quand Sharp l'attrapa par le fond de son pantalon et qu'il le maintint suspendu, ivre de colère.

— Continuez, dit Sharp à Maxwell. Si ce petit bonhomme s'avise d'entrouvrir la bouche, je le plonge dans la première mare que je trouve.

Sylvester se glissa près de Sharp. Il avança le cou pour renifler délicatement O'Toole. Celui-ci fit des moulinets désespérés :

— Emmenez-le ! cria-t-il.

— Il vous prend pour une souris, dit Oop, il se demande si vous en valez la peine.

Sharp envoya un coup de pied dans les côtes de Sylvester qui s'enfuit en grognant.

— Harlow Sharp, dit Carol en s'avançant, ne refaites jamais une chose pareille. Si jamais...

— Taisez-vous, cria Maxwell exaspéré. La ferme ! Tous ! Pendant que le dragon est en train de se battre pour vivre, vous ne trouvez rien de mieux à faire que de vous chamailler !

Tous se turent.

Maxwell attendit un instant, puis s'adressa aux Trolls :

— Je ne sais pas ce qui s'est passé avant. Je ne connais pas vos problèmes mais nous avons besoin de vous. Je vous promets de bonnes garanties mais je vous promets aussi, si vous n'êtes pas raisonnable, une bonne décharge d'explosifs sous le pont.

Une voix faible et criarde s'éleva depuis le pont :

— Tout ce que nous avons jamais demandé est qu'O'Toole le fort en gueule nous donne un tonneau de douce bière d'Octobre.

Maxwell se retourna :

— Est-ce vrai?

Sharp reposa O'Toole pour le laisser répondre.

— C'est contre toutes les traditions, s'écria ce dernier. Voilà ce que c'est. Nous avons toujours été les seuls à brasser la bière joyeuse et nous la buvons seuls. Nous ne pouvons en produire davantage que ce que nous pouvons boire. Et si nous en donnons aux Trolls, les Fées en voudront et...

— Vous savez très bien, dit Oop, que les Fées ne boivent que du lait, tout comme les Fardadets.

— Nous serions tous assoiffés par votre faute, cela représente beaucoup de travail de brasser la quantité dont nous avons besoin.

— On peut sûrement vous aider, suggéra Sharp.

M. O'Toole trépigna de colère :

— Et les insectes? Je suis sûr que vous les retireriez de la bière, avec votre hygiène ! Pour faire de la bonne bière d'Octobre, il faut y faire tomber des insectes et d'autres choses très malpropres qui donnent toute la saveur.

— Nous y mettrons des insectes, dit Oop. Nous vous en attraperons un seau entier, s'il le faut.

O'Toole virait au violet :

— Vous n'y comprenez rien. Il faut que les insectes y tombent d'eux-mêmes. La sélection est toute naturelle. Je...

Ses mots se transformèrent en un cri étranglé.

Carol appela durement :

— Sylvester, lâche-le, ça suffit !

O'Toole dépassait de la gueule de Sylvester qui le tenait par la tête, de sorte qu'il ne pouvait toucher le sol.

Oop se tordait de rire, allongé sur le sol qu'il frappait à coups de poing.

— Il prend O'Toole pour une souris. Regardez le petit minet qui a attrapé une souris.

Sylvester prenait tout cela très gentiment, il ne blessait que la dignité de O'Toole. Il le tenait délicatement.

Sharp se prépara à donner un coup de pied au chat.

— Non, hurla Carol, ne le touchez pas !

— Ça va, Harlow, dit Maxwell, laisse-le. Il a bien mérité une récompense pour ce qu'il a fait dans ton bureau.

— Nous leur ferons leur tonneau de bière, hurla frénétiquement O'Toole. Nous leur en ferons même deux.

— Trois ! cria la petite voix du pont.

— D'accord.

— Vous ne vous défilerez pas? demanda Maxwell.

— Les Lutins n'ont qu'une parole.

— Bon, ça va, maintenant tu peux donner ton coup de pied.

Sharp prit son élan, Sylvester lâcha O'Toole et recula.

Les Trolls jaillirent du pont et s'égaillèrent sur la colline en poussant des cris de joie.

Les Humains commencèrent l'escalade de la pente, derrière les Trolls.

Devant Maxwell, Carol trébucha et tomba. Il s'arrêta pour l'aider à se relever. Elle se dégagea et se tourna vers lui, furieuse :

— Ne me touchez pas. Et ne m'adressez plus jamais la parole. Vous avez dit à Harlow de frapper Sylvester, vous m'avez injuriée, vous m'avez dit de la fermer !

Elle s'éloigna rapidement vers le sommet de la colline.

Après un moment de stupeur, Maxwell reprit sa marche. Il évitait les rochers et s'agrippait aux arbustes pour se hisser.

Du haut de la colline, lui parvinrent des exclamations retentissantes. Il vit sur sa gauche une masse noire qui tombait du ciel, ses deux roues tournant à toute vitesse dans le vide. Elle alla s'écraser dans les bois. Il s'arrêta et regarda en l'air, il vit deux autres globes qui se précipitaient l'un vers l'autre. Ni l'un ni l'autre ne ralentirent et ils explosèrent sous le choc. Les débris retombèrent et un crépitement dans les feuilles l'avertit qu'ils avaient touché terre.

En haut, les exclamations continuaient et dans le lointain, tout à fait au sommet de la colline, il entendit plutôt qu'il ne le vit un objet qui tombait du ciel.

Il était seul quand il se remit à grimper.

Il se dit que tout était terminé. Les Trolls avaient fini leur ouvrage et le dragon pouvait redescendre. Il se sourit à lui-même. Il avait passé des années à chercher un dragon et enfin, il était là. Mais peut-être que ce dragon était davantage que ce qu'il s'était imaginé. Qu'était-il exactement? Pourquoi avait-il été transformé en Artifact?

C'était très bizarre. L'Artifact qui avait toujours

été hermétique et résistant à tout et qui avait livré son secret au moment exact où il s'était servi du transposeur. Que s'était-il produit? Le transposeur avait sûrement joué un rôle mais lequel? Les habitants de la planète de cristal connaîtraient sûrement la réponse. Cela devait faire partie de leurs connaissances qui dépassaient toutes celles de l'entière Galaxie. Le transposeur s'était-il trouvé dans ses bagages sous l'effet du simple hasard? Avait-il été placé là intentionnellement pour l'utilisation exacte que Maxwell en avait fait?

Il se souvint s'être autrefois demandé si l'Artifact n'aurait pas été un dieu pour les Petits Hommes ou d'autres créatures qui leur auraient été très proches. Aurait-il eu raison? Le dragon serait-il un dieu des jours anciens?

Il reprit son escalade mais plus lentement car il n'avait plus aucune raison de se hâter, pour la première fois depuis son retour de la planète de cristal.

Il était à mi-chemin de la pente lorsqu'il entendit une musique. Elle était si faible qu'il se demanda s'il ne s'était pas trompé. Il s'arrêta et cette fois il en fut certain. Il y avait de la musique.

Le soleil apparaissait tout juste à l'horizon et il baignait d'une lumière aveuglante la cime des arbres qui prenaient des tons flamboyants, mais la pente, elle, était toujours dans la demi-obscurité du matin.

Il tendit l'oreille. On aurait dit le murmure d'un ruisseau argenté sur des cailloux. C'était une musique aérienne, féerique. Féerique était bien le mot : sur la pelouse aux Fées jouait un orchestre de Fées.

Il se parla à lui-même :

— Je vous en prie, ne partez pas, n'ayez pas peur, laissez-moi vous regarder.

Maintenant, il était tout près et la musique continuait, derrière un rocher.

Il en fit le tour, progressant centimètre par centimètre, faisant attention à ne faire aucun bruit.

Et alors, il les vit.

Les Fées musiciennes étaient assises en rang sur une bûche au bout de la pelouse. La lumière du matin faisait briller leurs ailes irisées et leurs instruments polis.

Mais aucune Fée ne dansait. A leur place dansaient deux âmes assez simples pour évoluer au son d'une musique de Fées.

Fantôme et William Shakespeare, face à face.

XXV

Le dragon était juché sur le toit du château. Son corps multicolore étincelait dans le soleil. Dans le lointain, le Wisconsin coulait comme un ruban bleu au milieu de la forêt. De la cour du château provenaient les échos d'une bombance. Les Lutins et les Trolls buvaient la douce bière d'Octobre en deux groupes bien séparés. Ils cognaient leurs chopes contre les tables que l'on avait sorties de la grande salle et ils chantaient des chants composés bien avant l'apparition de l'Homme.

Maxwell était assis sur un rocher. Il contemplait la vallée. A une trentaine de mètres devant lui, la falaise tombait à pic et sur son bord poussait un cèdre torturé par les tempêtes. L'écorce avait une couleur gris argent poussiéreux et son feuillage gris pâle exhalait un parfum qui parvenait jusqu'à Maxwell.

Il se dit que tout était bien. Il n'y avait plus d'Artifact pour traiter avec la planète de cristal. Il restait le dragon et c'était sûrement ce que les ombres de la planète désiraient mais de toute façon, les Roulants avaient perdu. A longue échéance cette défaite s'avérerait peut-être plus importante que la possession de la science.

Tout était bien fini, mieux que ce qu'il aurait pensé. Mais maintenant tout le monde lui en voulait. Carol, parce qu'il avait dit à Harlow de frapper Sylvester et parce qu'il lui avait ordonné de la fermer. O'Toole, parce qu'il l'avait abandonné à Sylvester et obligé à céder aux Trolls. Harlow, qui n'avait pas pu vendre l'Artifact et dont le musée était en pièces. Peut-être que le fait d'avoir retrouvé Shakespeare le consolerait. Et il ne fallait oublier ni Drayton qui voudrait encore le questionner, ni Longfellow qui ne l'aimerait pas davantage maintenant.

Parfois, cela ne servait à rien de se donner du mal et de lutter pour un but précis. Peut-être Nancy Clayton était-elle dans le vrai, ne pensant qu'à ses invités célèbres et ses merveilleuses soirées.

Quelque chose le frôla et il se retourna. Sylvester sortit une langue râpeuse et se mit en devoir de lui lécher le visage.

— Ça suffit, dit Maxwell.

Sylvester ronronna avc satisfaction et s'installa à côté de lui. Il se pressa contre Maxwell et tous deux regardèrent la vallée.

Un bruit de pas s'approcha et une voix s'éleva :

— Vous m'avez volé mon chat. Puis-je m'asseoir et le partager avec vous?

— Asseyez-vous, je vais vous laisser de la place. Je croyais que vous ne vouliez plus jamais me parler.

Vous avez été horrible et cela m'a déplu, mais vous avez sans doute eu raison.

Un nuage noir vint se poser sur le cèdre.

Carol sursauta et se serra contre Maxwell. Il l'entoura de son bras.

— Ce n'est rien, lui dit-il, ce n'est qu'un Banshee.

— Mais il n'a pas de corps, il n'a pas de visage. Rien qu'un nuage.

— Nous sommes encore deux et nous sommes ainsi. De grands chiffons sales qui flottent dans le ciel. Il ne faut pas avoir peur. Cet Humain est notre ami.

— Pas celui du troisième, il m'a trahi au profit des Roulants.

— Et cependant, vous êtes resté avec lui alors que personne d'autre ne le faisait.

— Oui. N'importe qui est en droit de l'exiger, même votre pire ennemi.

— Alors, vous devez pouvoir me comprendre. Après tout, les Roulants et nous ne faisons qu'un. Un lien ancien nous unit.

— Je crois comprendre. Que puis-je faire pour vous?

— Je suis simplement venu vous dire que la planète de cristal, c'est le nom que vous lui donnez, a été avertie.

— Et ils veulent le dragon? Vous n'avez qu'à nous donner les coordonnées.

— Elles seront données à la Centrale des Transports. Vous et beaucoup d'autres allez vouloir les recopier mais le dragon reste sur la Terre, à la réserve des Lutins.

— Je ne comprends pas. Ils voulaient...

— L'Artifact, pour libérer le dragon. Il y avait trop longtemps qu'il était prisonnier.

— Depuis le Jurassique. Je suis d'accord que c'est beaucoup trop long.

— Mais nous ne pensions pas que cela serait pour si longtemps. Vous l'avez transporté dans le futur avant que nous ayons pu le libérer et nous avons cru que nous l'avions perdu. L'Artifact était fait uniquement pour le préserver jusqu'au jour de l'installation définitive de notre colonie sur la Terre. Pour que nous puissions alors le protéger.

— Pourquoi le protéger?

— Parce qu'il est le dernier de sa race et qu'il est donc très précieux. C'est un peu difficile à expliquer, il est un peu comme un chat ou un chien pour nous et il est le dernier. Les dragons étaient nos animaux domestiques et encore davantage. Des créatures qui ont été à nos côtés depuis le premier jour. Le dragon est le dernier animal domestique des habitants de la planète de cristal. Ces habitants vieillissent, ils vont bientôt disparaître et ils ne peuvent laisser leur compagnon à l'abandon, ils veulent le confier à quelqu'un qui l'aimera.

— Les Lutins s'occuperont de lui, dit Carol, ainsi que les Trolls, les Fées et tous les autres Petits Hommes. Ils seront fiers de lui et vont le rendre pourri-gâté.

— Et les Humains?

— Aussi.

Ils ne le virent pas partir. Tout à coup il n'y eut plus de Banshee, pas même un chiffon sale flottant dans le ciel. L'arbre était vide.

Un animal domestique, pensa Maxwell. Pas un dieu, un simple animal domestique, et peut-être plus compliqué que ce que laissaient croire les apparences. Quand l'homme s'était mis à fabriquer des bio-mécas, qu'avait-il créé? Pas des hommes, tout au moins au début, pas des monstres à but scientifique mais des animaux domestiques.

Carol bougea:

— A quoi pensez-vous?

— Je pense que nous avions rendez-vous pour dîner mais que cela ne s'est jamais fait. Voulez-vous que nous recommencions?

— Au « Pig and Whistle »?

— Comme vous voudrez.

— Sans Oop, sans Fantôme et sans aucun trouble-fête?

— Mais avec Sylvester.

— Non, dit-elle. Tous les deux tout seuls. Sylvester restera à la maison, il est temps qu'il apprenne.

Ils se levèrent et se dirigèrent vers le château.

Sylvester gronda en regardant le dragon au sommet du château.

Le dragon le fixa dans les yeux et lui tira une langue longue et fourchue.

Achevé d'imprimer en juin 1984
sur les presses de l'imprimerie Bussière
à Saint-Amand (Cher)

— N° d'édit. 1809. — N° d'imp. 1336. —
Dépôt légal : juin 1984.

Imprimé en France

1809